Ruth Landshoff-Yorck

Roman einer Tänzerin

Ruth Landshoff-Yorck (1928)

Foto: ullstein bild / Riess

Ruth Landshoff-Yorck

Roman einer Tänzerin

Erstausgabe
aus dem Nachlaß

Herausgegeben
und mit einem Nachwort
von Walter Fähnders

AvivA

Beim Schlafen lag sie so, daß die linke Hand den rechten Fuß greifen konnte, auf der Seite. Ihr Gesicht ging dabei völlig verloren, was unter dem verwirrten Haarschopf zu sehen war, glühte rot und heiß. Die Lippen offen und noch eine Hingebungsfalte zwischen den Brauen. Cerni umschloß sie fast mit seinem großen Körper. Er war jetzt aufgewacht, mit schmalen Augen blinzelte er den Nacken an, den sein Atem behauchte, während schon das Gefühl in seiner rechten Hand erwachte, die den kleinen Busen völlig umschloß. ›Ich könnte sie ja tagsüber nicht ertragen‹, dachte er, ›nicht ertragen. So ist sie gut. So ist sie wunderbar.‹ Seine Finger begannen zu streicheln, erst ohne große Zärtlichkeit, aber schon wuchs ihm die Spitze ihrer Brust entgegen. Da erst wurde er zärtlich, wütend, unruhig. »Du bist«, flüsterte er ganz nahe an ihrem untersten Nackenwirbel, der dicht an seinen Lippen war, »ganz wunderbar!« Er richtete sich auf gewinkelten Ellenbogen auf und schlug langsam seine Zähne in das bräunliche Fleisch ihres Oberarms. Sie schrie leise, aber der Schmerz schien in ihren Traum zu passen, sie erwachte nicht. Fest und entschlossen klammerte sie sich an ihren Traum und ließ ihn nicht los. Cerni kannte das, diese Liebe zum Traum und Schlaf, die fast stärker war als ihre Liebe sonst zum gegenwärtigen Moment. Böse riß er sie an den schmalen Schultern herum. Sie lag jetzt ausgestreckt auf dem Rücken und ihr Atem ging schneller. Cerni strich, neben ihr gebeugt auf den Knien, langsam mit seinen Händen über die Fläche ihrer runden Beine, über die gebuchteten Hüften, über den flachen Bauch, über den Busen. Kaum merkte er was er tat. Er konnte seine Hände ebensowenig geschlossen halten wie seine Augen. Schöne Körper waren zum Ansehen da und zum Greifen. Eine Hand ließ er liegen in der engen Spalte zwischen den Schenkeln und flüsterte in ihr Gesicht. Beim Erwachen, das man geduldig abwarten mußte, machte sie alle Stadien ihres Lebens durch. Unglücklich, mit verzogenem Gesicht und geballten Fäusten, jammerte sie, sprach dann unartikuliert kleinstimmig hoch, dann klarer, wurde langsam deutlicher, sang das Lied der Fünfjährigen, wenn sie allein ist, lose Worte aneinandergereiht ohne Sinn, und wurde dann albern. Sie zupfte Cerni, den sie langsam über sich erkannte, an Nase und Lippen, entdeckte dann mit verwundertem Schulmädchenausdruck neu die Breite seiner Brust, wagte ihm nicht ins Gesicht zu sehen, scheu wie mit siebzehn, und während sie flüsterte, sie habe geträumt, erwachte sie in ihrer augenblicklichen Phase und nun erst spürte sie Cernis Hand zwischen ihren Schenkeln.

Als um 10 Uhr morgens der Portier vom Hotel herauftelephonierte, um Besuch anzumelden, war

Cerni schon lange weg. Er ging auf die Bank recht ungern, aber glaubte dadurch das Recht zu haben, Lena ihren Beruf zu verbieten. Das Tanzen war ja sowieso schon ein Vorwand, wofür, war nicht ganz ersichtlich. Jedenfalls war es bestimmt nicht ihr einziger Ausdruck und vielleicht sogar ein recht minderer.

Die heraufkamen, Paul und Joseph, waren rot und erregt vom Reiten in der Freudenau. Sie flezten sich auf die Stühle, auf denen nichts herumlag, so ordentlich war sie, und berichteten. Joseph hielt, wie überall, auch hier eigene Pferde und machte seine Freunde, von denen nicht ersichtlich war, wofür er sie sich hielt, beritten. Er arbeitete in derselben Bank wie Cerni, aber nicht wie dieser um zu verdienen, sondern um zu lernen. Jetzt saß er da, seine blauen Augen, das einzig Schöne an ihm, bewundernd auf Lena gerichtet, schamlos und bezaubernd erinnerte sie gerade Paul an ihre gewonnene Wette. Wegen irgendetwas hatten sie gewettet um 100 Meter Crepe de Chine, und Lena hatte natürlich gewonnen. Sie fand es nichts als ehrenhaft, daß Paul, von dem sie wußte, daß er keinen Pfennig besaß, die Seide bezahlen mußte. Andere Frauen wären verlegen geworden vor Scham; sie stützte sich einfach auf ihren Ehrenkodex, der kindlich war aber starr, den sie für jede Gelegenheit zu ihren Gunsten umbog: ein Mann, der seine Wette verliert, bezahlt. Wo er es hernahm, ging keinen etwas an. Lenas Begriffe waren starr und unwandelbar. Eine Frau, die keine Schlüpfer trägt, ist ein

Schwein. Ein Mann, der eine Frau liebt, heiratet sie. Eine Frau, die Seidenkombinations trägt, ist eine Verschwenderin. Lena trug, wie früher am Beginn ihrer Karriere, dunkle Tänzerinnentrikots, von denen sie zwei besaß, die Hemden ihrer Freunde oder Männer als Bluse, Pyjamas, die sie ihnen stibitzt hatte, und natürlich Schlüpfer. Sich anzuziehen hatte sie nie gelernt, nie begriffen, und es war nicht nötig. Wenn sie abends ausging, jede Nutte der Ringstraße übertraf sie an Gefühl für Harmonie, da lief sie, ein schreiend buntes Geschöpf mit flatternden Straußfedern und ihrem unmöglichen Benehmen, und doch riß sie hin, auf jeden Fall die, die sie hinreißen wollte.

So war es mit Cerni gewesen, der sie im Tabarin traf. Sie war nach ihrem Auftritt mir ihren Jungen zusammen, die, meistens ohne besondere Qualität, von der anscheinenden Abenteuerlichkeit ihres Wesens angezogen, sich ihr attachiert hatten, und die sie während aller ihrer Ehen und Liebschaften behielt, unregelmäßig sah, aber eben doch immer behielt. Cerni fand sie, als Lazi ihn vorstellte, unerträglich kommun und ging gleich fort. Ihr tiefes lautes Lachen verfolgte ihn an den entfernten Tisch, und dieser ganze Lärm, den sie entfaltete, dieses Sichaufspielen, diese Kindlichkeit, dieses Vonsichselbst-Überzeugtsein ging ihm unglaublich auf die Nerven.

Er hatte noch die Sekeli im Kopf, im Herzen ihre Schönheit und sein Land, das er ihretwegen verlassen mußte.

Lena gefiel seine Melancholie und die weißen Haare zu seinem jungen Gesicht. Sie gab es, wie immer, sofort allen zu und sogar sich selbst, daß sie ihn haben wollte, weil er sie so offensichtlich abgelehnt hatte. Am nächsten Tag schon rief sie ihn an und fragte am zweiten schon, trotz seiner eisigen Stimme am Telephon, warum er ihr denn keine Blumen sende? Er mußte lachen und schickte ihr Blumen. Es schmeichelte ihn, von Joseph zu hören, daß sie nur von ihm spreche und behaupte, in ihn verliebt zu sein.

Lena Vogel war damals sehr bekannt in Wien, sie hatte kleine, aufgebauschte Skandale, die in den Zeitungen dann einige Spalten einnahmen, sie antwortete gedruckt auf jeden Angriff, nahm jeden Klatsch ernst, führte Prozesse gegen sämtliche Verleumdungen. Sie hatte den Dichter, der sie proklamiert hatte und der für seine Frauen berühmt war, im Hintergrund, ihren ersten Mann, den Argentinier, der sagenhaft war, und Mar, den deutschen Aristokraten, von dem sie auch geschieden war. Im Anfang hatte sie dem Dichter, der trotz seines ständigen Entzücktseins überlegen geblieben war, zeigen wollen, daß sie wohl geheiratet würde, wenn sie es darauf anlege. Den Argentinier hatte sie wahnsinnig gemacht mit Zurückhaltung und plötzlich strahlendem Charme, sie lockte ihn, drohte mit einer Ehe mit dem Dichter und bekam ihn so aufs Standesamt... Fünf Minuten nach der Eheschließung erfand sie eine wichtige berufliche Verabredung und lief ihm davon und zu dem Dichter, der sie herauswarf; zur Freundin, die sie herauswarf, sogar zur Mutter, die sie herauswarf. Zwei Jahre später, als sie dem Dichter, der sie immer wieder zurücknahm, fünfmal durchgegangen war, mit einem regierenden Fürsten einmal, mit Tänzern, Knaben und Bankiers andere Male, heiratete sie ihr Geliebter, dem sie täglich ihre Schande vorwarf, aus großer Liebe mit ihm schlafen zu müssen ohne Ehe. Dieser zweite, Mar, stammte aus einer der ersten Familien Münchens, und war so jung, daß er stolz war auf den Kampf, den er ihretwegen mit seinen Leuten ausfechten mußte. Schön wie ein Zigeuner. Auf dem Standesamt fiel sie vor ihm auf die Knie und dankte ihm unter Tränen. – Sie behauptete, daß sie sich seinetwegen habe taufen lassen und nun Angst vor der Rache ihres Gottes habe. In Wirklichkeit hatte sie sich schon taufen lassen, als sie noch nicht wußte, ob sie schließlich den Dichter oder den Argentinier bekommen würde, und sich ein Brautkleid bestellte, ohne zu wissen, für welche Hochzeit. Zu Hause angekommen, schrieb sie Gräfin auf alle ihre Bilder, die sie in Tanzposen und Kostümen zeigten, aber ohne den Namen Mar. Gräfin Lena Vogel schrieb sie und sandte diese Bilder an alle, von denen sie annehmen konnte, daß es sie kränken oder freuen könnte.

Dies alles wußte Cerni und er küßte sie erst nach wochenlangen Bemühungen ihrerseits aus Haß, aus Rache, aus Wut, daß sie ihn bekam, obwohl er eigentlich nicht wollte. Er schlug sie schon beim erstenmal und fand sie am nächsten Morgen, wie sie tragisch und stolz ihre Striemen der Aufwartefrau zeigte, von der sie sich trösten und bewundern ließ. Cerni war eifersüchtig, wie jeder Mann seiner Klasse, und heiratete sie nach dem ersten Jahr, weil sie schwur, nur einem Gatten treu sein und nur für ihn ihren Beruf aufgeben zu können. In dieser Zeit tanzte sie in einem Kabarett eine Szene, die sie sich ausgedacht hatte. Wie eine Wolke umstanden ihre harten dunklen Haare das breite Gesicht. Vom Hals bis zu den Füßen umschloß sie ihr mattgelbes Kleid. Als sie jetzt einen Fuß langsam hob, bekam ihr Gesicht mit den gesenkten schmalen Augenlidern einen fast verschlagenen Ausdruck. Ihre Lippen rutschten von den Zähnen, frech und scheu war dieses Lächeln. Dann sah es aus, als teile ihr nachlässig erhobenes Knie das lange Gewand, der gelbe weiche Stoff fiel zur Seite und sekundenlang waren ihre runden bräunlichen Beine bis zum Ansatz unbedeckt. Sofort danach schlossen sich die schweren Falten, aber der Augenblick hatte genügt, die wieder versteckten Glieder zu einer Kostbarkeit zu machen. Übrigens sah man, während sie tanzte, fast nur in ihr Gesicht. Ihr Körper war nicht besonders schön, ihre Technik geringer als die eines drittklassigen Tanzgirls, aber in ihrem Gesicht, wo der Ausdruck wechselte, spiegelte sich Absicht und Unschuld, Keuschheit und Sehnsucht, Verzicht und Gier. Das und ihr Vonsichselbst-Überzeugtsein überzeugte die anderen. Zum Schluß wurde sie von zwei Statisten ergriffen, Negern, die sie zu Boden schleuderten. Diese Art abgestandene Dämonie war durchaus dem Kreis ihrer Phantasie gemäß, und warum sie hinreißend war, blieb mit einem solchen Vorwurf geheimnisvoll.

Daß sie nicht mehr tanzen sollte jetzt, nutzte sie aus. Cerni bekam es täglich zu hören. Auch Mar hatte es verboten, so lange wie sein Geld reichte. Danach hatte er zugegeben, daß sie welches verdiente. Als einzigen Protest erlaubte er sich nie, sie anzuschauen.

Joseph war, als sie tanzte, manchmal zu ihr gegangen nach ihrem Auftritt. Da saß sie dann auf der Galerie des Vergnügungslokals, ganz allein im billigen Kleidchen an einem versteckten Platz und aß ihr Abendbrot. ›Mitwirkende Künstler zahlen die Hälfte.‹ Und Joseph bewunderte sie. Sie hatte ihm erzählt, schon damals und bei jedem Gatten wieder, wie ernst sie die Ehe nehme, wie treu sie sei und Joseph, der sie vielleicht nie haben wollte, sondern nur ihr zusehen, ihrem Tempo, ihrem Charme, ihren Widersprüchen, verstand sie ebensogut wie am nächsten Abend. Da war sie heimlich auf einen öffentlichen Ball gegangen, einen der tollen Bälle der Berliner Inflationszeit, verschleiert, geheimnisvoll maskiert, und hatte, ohne ihr Inkognito zu lüften, mit einem jungen Mann recht gründlich geflirtet. Der junge Mann hieß Ernst und der Flirt regte ihn auf, vor allem, als sie zur nächsten Verabredung in einem ganz bekannten Café nachmittags wieder mit einer Seidenmaske erschien. Ihr Gesicht war nicht zu sehen, aber die Allüren und der Aufwand so unverkennbar, daß man sie bei ihrem Gatten verpetzen konnte. Sie bekam Prügel, fühlte sich eifersüchtig geliebt, telephonierte vor dem Frühstück Ernst die ganze Szene, um zu prahlen, und nach dem Frühstück an Joseph, um sich zu beklagen.

Sie hatte jetzt, was die Wette betraf, keinen Moment an Pauls Armut gedacht. Aber, als sie zu Dritt einkaufen fuhren, schlug sie ein billiges Warenhaus vor statt eines guten Spezialgeschäftes, und zwar aus Prinzip. Sie war sparsam, nicht um sich etwas zu ersparen, sondern weil sie anderen, auch wildfremden Ladenbesitzern, nichts gönnte. Sie kaufte die Seide in Ballen und trug noch jahrelang stolz Kleider aus dem gewonnenen Stoff. Ebensolange, wie der arme Paul seine Schulden dafür abzahlte.

Cerni kam erst am späten Nachmittag. Er hatte von Joseph von ihrem Morgeneinkauf gehört, aber der hatte mit so viel Nettigkeit erzählt, daß Cerni nicht wußte, ob ein Grund war, böse zu sein. Er war, als er aus der Bank kam, sofort nach Lainz bei Wien gefahren, wo Lazi wohnte, der einzige der Emigranten, der sich hier im Exil eine Umgebung geschaffen hatte, die seiner heimatlichen nicht nachstand. Alle Hochverräter besuchten ihn, stolz auf diesen Namen, den sie durch ihre Liebe zu Ungarn erworben hatten. Das Schloß, ehemaliger kaiserlicher Besitz, lag in einem Riesenpark, dessen Bauernhäuser und ursprüngliche Stallungen von Proletariern bewohnt wurden. Innen war das Schloß eine Beute von Geschmacklosigkeiten und außen fehlten nicht die Türme und Zinkbalkone der Achtzigerjahre. Aber von Lazi behauptete man mit Recht, er brauche nur einmal zu atmen, um eine Atmosphäre zu schaffen. Er ließ alles wie es war, stellte die geschmacklosen Nippes keinesfalls weg, sondern lachte sie im Vorbeigehen aus, was entscheidender war.

Er liebte Cerni noch aus jener Zeit her, als dieser einer der schönsten Militärs in Budapest war. Damals liebte er ihn, weil er weich und schön war, und jetzt, weil er Emigrant wie die anderen und hart arbeitend wie ein Mann ihn an diese vergangene Zartheit schmerzlich erinnerte. Über Cernis Ehe mit Lena, von der er abgeraten hatte, ging er einfach hinweg, als es zu spät war zum Raten. Aber vor Freunden rang er die Hände. Er gefiel sich darin, Cerni Stunden zu bereiten, die an frühere Zeiten erinnerten, unbeschwert, reizvoll durch kluge Konversation, und ihn dabei die Demütigungen seines Werbens und Hassens vergessen zu machen.

An diesem Nachmittag waren zwei junge Mädchen draußen in Lainz, die zusammen auf einem großen roten Motorrad gekommen waren. Cerni, der erst sinnend und verliebt um die große Maschine herumging, schwang sich plötzlich wie ein Junge darauf, ließ den starken Motor donnern und sauste dann, auf den Fußrasten stehend, die breite Freitreppe vor dem Schloß herauf. Die Besitzerin des Rades, erst erschrocken, dann, als er auf dieselbe Art abwärts fuhr und kurz vor ihr bremste, entzückt, lobte ihn zärtlich, weil er ihre Maschine zu ungeahnten Freuden gleichsam neu erfunden hatte, und Cerni strahlte. Er schwamm mit den anderen im Teich, und als er zurückkam, in Lazis langem braunen Bademantel, wie ein schöner Mönch aussehend, hatte er Lena und alle Bitterkeit seines Lebens vergessen. Er hätte es ritterlich und ganz in Ordnung gefunden, einen Kerl zu verachten, der seine Frau mißhandelte. Beim Tee erzählte er vom Fliegen im Krieg, wie ein Junge von waghalsigen Abenteuern, und die Mädchen hingen hingerissen an seinen Worten. Später ging man die Agutis besuchen, flinke, kleine, honigfarbene Nager, die Lazis Frau gehörten. Neben dem Käfig stand in nassen Tüchern auf dem Modellierbrett die angefangene Plastik, die Lazis Frau von den Tieren machte. »Wie gut Sie das machen, Baronin Christine«, lobte Cerni und hob ihre dünne Hand zu seinem Mund. »So bewegt und doch ruhig. So nervös und doch ruhig. So vielfältig und doch beruhigend.«

Ein weißes Auto kam den Parkweg herauf gefahren und ein breitschultriger kleiner Mann warf seine gelben Haare zurück, als er ausstieg. Es war der Dichter, derselbe, der Lena damals erfunden hatte, kurz nachdem sie sich selbst entschlossen hatte, sich zu erfinden. Niemand wunderte sich, ihn zu sehen und alle freuten sich. Er war überall; er reiste wegen einer Frau, wegen eines Hauses, eines Hundes oder ohne Grund, er fuhr fortwährend und beunruhigte seine Freunde aufs äußerste. Er hatte wenig wirkliche, aber diese litten darunter, ihn so zu sehen, deutlich ohne Zentrum, hingegeben jedem Moment. Er brachte eine feste Meinung in jedes Gespräch und vertrat sie rücksichtslos und mit blendenden Argumenten, aber hatte er in Paris die Leute zu seinem Standpunkt bekehrt, so war es möglich, daß er, ohne es zu bemerken, morgen in Berlin das Gegenteil vertrat, ebenso begründet, ebenso hingerissen vom Thema, ebenso intuitiv unterrichtet. Er machte seinen Freunden Angst, aber er selbst war nicht im geringsten beunruhigt. Irgendwo, für jedermann unerfindlich, mußte er in sich einen Ort haben, einen Platz, eine Stätte, wo er sich ausbalancierte. Er kannte Cerni, er hatte ihn nie vorher getroffen, aber er wußte von seiner Geschichte mit der Gattin seines Vorgesetzten und von seiner jetzigen Ehe. »Ich höre«, sagte er kurz nach der Begrüßung und lachte, »daß Sie Lena geheiratet haben.« Er verblüffte im ersten Moment durch derartige Aussprüche, aber sonderbarerweise fand man ihn nicht taktlos deswegen, da er es selbst natürlich fand, von jedem Fremden gleich eine Auskunft über persönlichstes Privates zu haben, weil das ihn deutlich mehr als alles andere interessierte. Und dieses Interesse, das sie sofort spürten, machte die Leute geneigt, den Mangel an Distanz zu verzeihen, sogar sich aufzuschließen. Cerni haßte ihn, weil Lena so viel von ihm sprach, wie alle, die mit ihm zusammen gewesen waren. Er bewegte die Menschen so, daß er auch nach der äußeren, vollkommenen Trennung in ihrem Leben blieb.

»Prügeln Sie Lena?« fragte er Cerni sofort, als er mit ihm ein paar Schritte ging und Cerni, blutrot erschrocken, stammelte: »Sie ist unerträglich.«

»Niemand erträgt sie«, sagte der Dichter, »und einer wird sie mal erschlagen.«

Cerni sah ihn an, und sein Gesicht wurde heller.

»Sie ist böse«, berichtete er naiv, »sie weiß nicht, wann sie quält. Für sie ist es richtig, was sie tut und das ist ihre Stärke. Sie kennt nicht die Reaktionen, die sie auslöst, in keinem Fall.«

»Und wenn man sich beklagt, begreift sie nicht.«

»Und wenn sie groß dasteht und mächtig in ihrem Mißverstehen, muß man sie schlagen, damit sie klein wird.«

»Und wenn man sie schlägt, glaubt sie, man liebe sie sehr.«

»Nur dann glaubt sie, man liebe sie.«

»Und geliebt werden will sie.«

Eines der jungen Mädchen hatte den Dichter nie gesehen und ging jetzt auf ihn zu mit der Aufregung im Herzen, einen Mann zu sehen, den Frauengeschichten berühmt gemacht hatten und dessen Anerkennung, obwohl sie so vielseitig und wahllos ausfiel, fast ein Maßstab war. Er ging mit ihr zu einer Bank und nach seinen üblichen Fragen: Woher sind Sie? Was tun Sie? Wo leben Sie und von was? Wen lieben Sie?, die alle prompt und genau beantwortet wurden, hatte er schon den Arm um sie gelegt und fühlte ihren Busen. Das Mädchen saß ganz still, wurde hübsch und erregt und wunderte sich nur, wenn sie den Kopf drehte, um ihn zu betrachten. Dieser Dichter war zu klein, war wunderbar angezogen, war viel zu alt, unendlich alt schien er ihr, hatte blonde Haare wie ein Bub, ein unschönes, zerfältetes, zärtliches Gesicht, miserable Hände und einen wunderbaren Wagen. Und für seine Wagen und seine Abenteuer war er berühmter als für das, was er geschrieben hatte. Und als er das Mädchen jetzt abrupt verließ, hatte er ihre Adresse und die aufgeregt gegebene Zusage, ihn in seinem Hause zu besuchen.

Cerni brach auf. Er schüttelte dem Dichter die Hand und sagte mit einem Gesicht, das bleich war vor Entschlossenheit: »Also ich verspreche Ihnen, ich werde sie erschlagen«, und der Dichter lachte: »Gut«, als habe der andere eine geringfügige und harmlose Sache, etwas von wenig Bedeutung und von gar keiner Tragweite versprochen. Er glaubte an dieses Versprechen jahrelang, und in wenigen Fällen, in denen ihm Lena einfiel, mit einem kleinen Gefühl von Zufriedenheit und Trost. Er hatte, wie viele Männer seiner Generation, sich erst so spät mit psycho-analytischer Lektüre beschäftigt, daß er nun, mißverstehend, aber welche Hilfe für ihn, mißzuverstehen – herumgehen konnte und von einem unangenehmen Erlebnis sagen: »Ich verdränge es einfach.« Er verdrängte einfach den Haß, den er auf Lena hatte und der tödlich war, bitter und erstickend. Er war einer von jenen, für die alle Dinge einen unermeßlichen, unersetzlichen Wert bekamen, erst, wenn sie sich ihm entzogen. Als Lena, nachdem sie zum tausendstenmal bei ihm herausgeflogen war, den ersten Gatten nahm, das hieß: »Ich kann heiraten, siehst du«, liebte er sie brennend. Als sie aber sofort vom Standesamt zu ihm lief, um sich bei ihm zu verstecken, wurde es ihm literarisch und er warf sie hinaus. Über die Ehe mit dem deutschen Grafen lachte er, als glaube er, Lena spiele nur. Aber wie ernsthaft sie spielte, wußte er nur zu gut. In Wien, als sie ihn wieder rief – sie rief alle wieder – bot er ihr als Äquivalent für seinen eigenen Schmerz sein Haus, seinen Namen, alles, was er besaß, erst als sie Cerni nachlief. Aber Lena wußte genau, daß sie mehr bewegte, wenn sie etwas, worauf sie Wert legte, nicht annahm, sondern von sich stieß. Sie nahm Cerni, oder sie gab sich ihm, weil sie glaubte, romantisch sein zu können, in ihrem Sinn romantisch. Und der Dichter fuhr seinen großen Wagen, seinen berühmten Wagen, siebenmal um das Haus, in das sie gelaufen war, um mit Cerni zu schlafen und war heiß verzweifelt. Aber dann sagte er: »Ich verdränge«, und fuhr zu einer anderen, der er zu trinken gab und Küsse, und die ihm ihr kleines Mädchenschicksal darbrachte wie ein Geschenk.

Abends, als Lena mit Cerni und Joseph ins Tabarin ging, sah sie wieder richtig ordinär aus. Aber sie strahlte dabei, denn sie hatte sich vorgenommen, Cerni heute nacht nicht in ihr Zimmer zu lassen. Zu ruhig war dieses Leben, wenn sie sich nichts ausdachte. Sie wußte, was geschehen würde, vom zaghaften Klopfen an bis zur heißglühenden eifersüchtigen Beschwörung, aber das Ende setzte sie noch nicht fest. Das sich schon vorzustellen, hieß den

Überraschungsmoment vorbereiten. Eingeschlagene Türen. Würde er die Tür einschlagen oder würde sie selbst öffnen?

Entzückt sah sie in sein Gesicht, das etwas mißlaunig, aber sehr gefaßt über dem Glas hing. Er haßte, wußte sie, so auszugehen, in ein zweifelhaft schickes Lokal, mit einer Frau, die auch, wenn sie seine war, so aussah, wie es ihm stark mißfiel. Sonderbar, wie Lena mit Kleidern war. Tagsüber war es ganz ordentlich, eher bürgerlich, aber abends war es schrecklich. Diese Fanfare aus knalligen Farben, Goldborten und Straußenfedern. Sie war wirklich dick, nachts war es gut, es paßte zu ihr, zu ihrer Temperatur und ihrer Tierhaftigkeit. Aber im Kleid, das sie tiefausgeschnitten unpassend gefunden hätte, quoll es ein wenig. Wirklich sonderbar war sie mit Kleidern. Sie war viel zu geizig, viele zu besitzen, dafür brachte sie es fertig, eine nette Autokappe, die sie geschenkt bekommen hatte (viel bekam sie geschenkt) so entzückend zu finden, daß sie sie den ganzen Tag aufbehielt, auch zum Abendmantel, auch nachher ohne Kleider im Bett. Und wenn man nicht sehr guten Willen hatte, konnte man schon geniert darüber sein. Sie schmückte sich wie eine Wilde, ohne Rücksicht auf Konvention, die sie aber gesprächsweise bejahte. Überhaupt war sie wie eine junge Wilde, auch so unberechenbar, auch so scheu. Besonders stolz war sie darüber, daß sie es immer fertig brachte, ihre Freunde untereinander befreundet zu machen. Obwohl sie Joseph niemals küßte, hatte sie dieses kitzelnde Gefühl der Überlegenheit, wenn sie sah, wie Cerni mit ihm gut war. Dieses Gefühl: Männer merken doch nie etwas. Sie war so stolz darauf, daß die Leute mit Fingern auf sie zeigten und weil sie Cernis Standpunkt garnicht begriff, verlangte sie, er solle auch stolz darauf sein.

Es gab viel Klatsch über sie, beliebtes Thema, und sie enttäuschte selten. Sie liebte es, ihr Recht zu verfechten, auch wenn sie bei diesen Gelegenheiten allem Schmutz und allen Widerwärtigkeiten ausgesetzt war.

»Ich habe mich entschlossen«, sagte Joseph und sah Lena mir jenem etwas schüchternen und entzückten Ausdruck an, der ihm eigen war, »einen Lena-Kalender anzulegen, weißt du, so etwas wie die Landwirte haben, man kennt sich sonst so schlecht aus bei dir. Ich will aus Erfahrung lernen, weißt du, ich will wie der Landwirt aus Regen auf Sonnenschein schließt, bei dir aus Traurigkeit auf frohe Zeit schließen können und umgekehrt. Aber nun weiß ich nicht mehr, warst du vorigen Winter sieben- oder neunmal in Salzburg und garnicht in München? Ich bringe immer alles durcheinander.«

Lena brachte eine kleine Falte zwischen die Augenbrauen, die wie zwei Pfeilspitzen über den Augen saßen.

»Mich will er auf eine Formel bringen?«

»Sie wird dir nicht helfen können«, sagte Cerni bedauernd, »Lena weiß noch weniger als wir über Lena.«

Eine hübsche kleine Tänzerin trat auf und tanzte

eine kurze Szene, die dumm war aber ganz lieblich. Lena verlangte von den Männern an ihrem Tisch, die Kleine schlecht zu finden, obwohl sich selbst das kaum lohnte; so ernst nahm sie für sich ihren verlassenen Beruf, daß sie wünschte, niemand neben ihr existiere. Obwohl sie selbst nichts mehr bewies und niemals Technik hatte, schimpfte sie, wenn die bei anderen fehlte.

»Es ist unglaublich, das weißt du, Cerni, das ist von mir, das habe ich erfunden«, beklagte sie sich. »Das ist doch eine ganze Geschichte, und zwar meine Geschichte. Ich ein kleines Mädchen, das Hüte für einen Laden austrägt, und während sie auf der Straße hüpft, macht sie den großen Karton auf und nimmt sich einen Hut heraus und setzt ihn auf und spielt die große Dame damit. Das ist von mir. Bitte, Cerni, sage dem Manager hier, daß ich nicht erlaube, daß jemand anders das tanzt. Es ist mein Tanz. Frage Charell. Er hat ihn sich ausgedacht oder vielmehr ich habe ihn mir ausgedacht. Geh sofort hin und verbiete es.«

Cerni wurde rot. Obwohl er wußte, wie absurd sie war, mußte er Lena recht geben. Er wußte, daß er, obwohl er gleichzeitig vor Scham versinken wollte, fähig war, hinzugehen und den Manager anzubrüllen, ja ihn zu prügeln, wegen der Lappalie, wegen dieser lächerlichen kleinen Idee, von der nicht einmal er glaubte, daß sie wirklich von Lena war. Aber er fühlte, heiß vor Wut, daß er alles verteidigen würde, was seine Frau als ihr Eigentum bezeichnete.

Der Tanz war fertig und Joseph klatschte lächelnd und liebenswürdig. Wie gut, nicht in Cernis Haut zu stecken.

»Alberne Gans«, zischte Lena ziemlich vernehmbar, als die kleine Tänzerin knicksend abging. »Also, Cerni, bitte geh!«

»Nein«, sagte Cerni, »ich gehe nicht!« Obwohl er wußte, daß er schließlich tun würde, was sie verlangte. Der Kellner kam und berichtete, direkt zu Lena gewendet, ein Herr wünsche die gnädige Frau zu sprechen. In diesem Moment fing Lena an, mit einem Tisch offensichtlich zu flirten, der entfernt von der Bühne stand. Da saßen die hübschesten Wiener Aristokratenjungen, alle zumindestens durch Lenas Fremdheit aufgeregt. Einige wenige wußten vielleicht mehr von ihr.

Der Herr, der auf ihren Wunsch vom Kellner an ihren Tisch geführt wurde – weder Joseph noch Cerni hatten Zeit zu protestieren – war ein kleiner behender Ostjude im Kaftan, mit sorglich gedrehten Hängelocken. Cerni dachte sofort an Lenas Methode, ihre straffen krausen Haare abends über den Lockenstock zu bürsten. Sie sah jetzt erstaunt aus.

»Kennst du mich denn nicht mehr, kleines Lenchen?« sprudelte der Jude freundlich. »Onkel Fränkel aus Lodz? Du kennst den guten alten Onkel Fränkel nicht mehr, Lenchen?« Er stand bescheiden, als Lena ihm um den Hals fiel. Sie hieß ihn niedersetzen, gab ihm zu trinken, stellte Cerni, ihren Gatten, vor und gebärdete sich begeistert, laut und auffällig. Ihr lag offensichtlich weniger daran, ihren Stolz auf ihr Judentum zu proklamieren, als ihren Stolz darauf, daß sie es wagte, ihr Judentum zu proklamieren als Gattin eines, nein, mehrerer Aristokraten, als Freundin von vielen. Sie fragte den Onkel Fränkel nicht gleich nach Zuhause, dafür hatte sie kaum Sinn, aber sie erzählte ihm genau und gern ihre ganz großen Erfolge als Tänzerin. Im Grunde genierte sie sich vor dem Onkel Fränkel als einzige am Tisch. Joseph hatte sofort viel Sympathie für so einen alten Juden, der ein bißchen so aussah wie Spinoza. Es kommt ja leicht vor, daß ein Jude klüger aussieht als er ist, wenn er noch die alte Tracht trägt und an der Tradition festhält; und Cerni billigte ihn sofort, weil er mit seiner Frau verwandt war. Nur Lena genierte sich aus einem sonderbaren Grund: sie war nämlich getauft und fürchtete sich vor der Rache des großen jüdischen Gottes, der für sie eine Art Kinderschreck war seit ihren ersten Tagen. Mädchen erklärte man in Lodz die Religion nicht so genau, Mädchen wurden geboren, keinesfalls um Tänzerin zu werden, wohl aber Mütter von jungen Juden, die lernten, die Talmud lernten als ihren einzigen Lebenszweck. Wie hatte sie damals gezittert, zu ihrem guten jüdischen Gott um Hilfe und Trost gebetet, während sie mit dem Pfarrer sich liebreizend unterhielt, und sofort nach der Taufe war sie zu ihrem allerschwarzhaarigsten Freunde gerannt, dem Regisseur Erik, und hatte sich bekümmert trösten lassen. »Er tut dir bestimmt nichts, Lena«, hatte Erik versichert, »dir tut so leicht niemand was.« »Ich habe so gezittert«, hatte Lena bekannt, »so sehr. Ich habe innen immer nur gesagt: du bist groß und wahr, verzeih' mir, daß ich jetzt hier mitmache, aber ich will doch einen Goj heiraten. Ich heirate doch so gern, lieber Gott. Nimm's mir nicht übel.«

›Ich glaube‹, dachte Lena jetzt, während sieben süß-nacktbeinige Mädchen auf der kreisenden Bühne tanzten und der Jude aus Lodz entzückt schmunzelte, ›ich glaube, wenn der Onkel Fränkel wüßte, daß ich getauft bin, haut er mir, trotz Goldkleid und Federn am Mantel, eine runter.‹

»Wie war Pesach«, fragte sie, »und muß jetzt dein kleines Moritzchen dran zu fragen? Er ist doch jetzt euer jüngstes Kind in der Verwandtschaft?«

Nach der ersten Wiedersehensfreude – er hatte sich garnichts dabei gedacht, in ein Vergnügungslokal zu gehen und seine Nichte dabei zu treffen – wurde dem Fränkel aus Lodz diese Frau doch etwas unheimlich, wie sie da zwischen den eleganten und recht schweigsamen Männern saß. Alles, was er von Lena wußte und kannte, hatte er im ersten Moment wieder erkannt und wieder gefunden, aber alles das was neu war, erschreckte und überraschte ihn, weil er es nicht begriff. Er mußte an Lodz denken und an die dreiundfünfzig Jahre, die er lernend über dem Talmud verbracht hatte. Er hatte Tatsachen gelesen, die zu Symbolen umgebogen werden mußten, aber so dem sich ständig entwickelnden Leben hatte er nie gegenüber gesessen. Wer von den Erzvätern der Bibel hätte geglaubt, daß man jemanden, wie Lots Weib, schon als Kind gekannt haben könnte; oder auch angenommen, daß sie nie je damit verglichen werden könnte, den Onkel Fränkel kränkte es im Hals, wie Lena ihren Gatten behandelte. Sie sagte leicht und lächelnd Dinge, die ihm selbst ja kaum schlimm vorkamen, aber Cerni das Blut in die Wangen trieb und seine Mundwinkel krauste. Der Onkel Fränkel beschloß, einen frühen Zug zu erfinden und wegzugehen, und es blieb von ihm nichts als die lächerliche Geschichte, wie die Baronin Cerni einen alten Juden mit Schläfenlocken im Tabarin empfing, und der erste Bericht, der von Lenas Jugend in ihre neue Welt drang, von dem Kummer ihrer Mutter, über den sie jetzt lachte, darüber, daß sie schon mit zwölf Jahren allein auf zweifelhaften Straßen spazieren ging und lockenschüttelnd und lächelnd den Vorübergehenden mehr versprach, als sie zu halten bereit war.

An einem der nächsten Tage war das Ende zwischen Cerni und Lena. Es war nicht mehr vorgefallen als sonst und oft, aber wie es schien, träumte Lena schon von einem Neuen, und dann waren sie nicht allein geblieben. Lazi war dabei, und er konnte Cerni den Rücken decken und ihm helfen, über diese Frau hinwegzukommen. Sie war schon oft nach so einem Krach auf und davon gelaufen, aber dann wußte niemand genug, um Cerni abzuhalten, brennende Briefe und beschwörende Telegramme hinter ihr herzusenden.

Cerni hatte Lazi am Nachmittag bestellt, um irgendeine Geldangelegenheit mit ihm zu bereden. Sie saßen in Cernis Zimmer, das klein, dumpf, eigentlich ein Dienerzimmer war, aber obwohl Lena nicht in dem ihren großen, prächtigen und bequemen war, zog Cerni es vor, seinen eigenen Freund bei sich zu sehen. Sie sprachen natürlich nicht von dem Dringenden, dem Geschäftlichen, sondern zuerst und ohne aufzuhören von Cernis Kummer und seiner Frau. Es fiel ihm schwer, sich zu beklagen, aber dem Freunde gegenüber waren seine Nerven verräterisch. Es ist anzunehmen, daß er an diesem Tage tatsächlich aus einem anderen Grunde als aus Wut weinte. Die Bitterkeit war ihm in die Kehle gerutscht und er schämte sich tödlich vor dem erschrockenen Freunde, der wußte, daß ihm nicht zu helfen war. Es wurde schon dunkel draußen, als sie noch immer nicht bei dem eigentlichen Thema angelangt waren. Nebenan knallte eine Tür. Lena in ihrem Zimmer kam zurück, von wo? und trällerte ihr dummes Liedchen vom »Provisor Loleschal«, der Stock und Hut und Wolleschal nahm, um auszugehen. »Und etwas Bares, denn Sonntag war es«, trällerte sie.

Cernis Mund zitterte noch, als er an die Tür klopfte. »Einen Moment«, bat er und ging zu Lena. Er schloß die Tür hinter sich. Es war ein kleiner Schrei zu hören. Lena beklagte sich, daß sie schon ausgezogen sei und Cerni hätte warten sollen.

Lazi saß nebenan auf seinem Sessel und wartete auf Cerni, der zurückkommen sollte, und dann hörte er zwischen Scham, Neugierde, Entsetzen und Todesangst schwankend alles, was im Nebenzimmer vor sich ging, aber er brachte es keinen Moment über sich, fortzugehen.

»Wo kommst du her«, fragte Cerni.

»Von Joseph.«

»Wo kommst du her?«

»Wenn ich gewußt hätte, daß du nebenan bist, hätte ich die Tür zugeschlossen. Verzeih, daß ich die Tür nicht zuschloß.«

»Wo kommst du her?«

»Man sagt seiner Frau Guten Abend, wenn man sie den ganzen Tag nicht gesehen hat.«

Zu dumm von Cerni, darauf einzugehen. Er sagte: »Ich weiß nicht, ob du dich so beträgst, wie sich meine Frau zu betragen hat.»

»So, weißt du nicht?«

»Sag' mir bitte, wo du herkommst?«

»Ich war aus.«

»Mit wem?«

»Mit jemandem.«

»Mit wem?«

»Das ist unwürdig, man fragt seine Frau nicht so aus. Wenn du kein Vertrauen zu mir hast, geh doch raus und überhaupt ich bin garnicht nur deine Frau, sondern viel mehr, ich bin berühmt!«

Schon wieder ging Cerni auf sie ein: »Auch berühmte Frauen«, sagte er, immer noch sehr ruhig, »erzählen den Männern, mit denen sie zufällig verheiratet sind, mit wem sie herumziehen.«

»Herumziehen, herumziehen; nächstens sagst du

noch, ich bin ein Frauenzimmer. Ich bin kein Frauenzimmer, daß du's weißt. Ich zieh nicht herum. Ich bin überhaupt eine beste Frau. Ich bin immer so lange treu, wie es mir irgend möglich ist, und dann du mit deiner feinen Dame, mir deiner Dame der Gesellschaft, mit der Schönheit, wo du mich nicht mitnimmst, weil das wirklich viel zu feine Leute für mich sind; das ist ja wahr, ich bin ja garnicht fein, ich bin ein kleines Judenmädchen aus Lodz. Aber wieso hast du mich dann geheiratet, du wußtest es ja. Die feine Dame hat dich wohl wieder eingeladen. Nimm sie doch, heirate sie doch.«

Bis hierher merkte man dem nicht sehr erfreulichen Gespräch an, daß es ähnlich schon häufig stattgefunden hatte, so oder auch etwas verziert, aber von nun an wurde es neu. Cerni, wahrscheinlich sich ungenau erinnernd, daß er im Nebenzimmer gehört werden könnte, war langsam auf Lena zugegangen, hatte ihre Hände ergriffen und flüsterte:

»Du sagst mir jetzt sofort –«

Es mußte irgend etwas in seinem Ausdruck sein, das Lena erschreckte, sie jammerte jetzt:

»Laß los, du tust mir weh. Ich sag's dir, es ist ja garnicht so wichtig. Du machst es nur immer so wichtig, wenn du so fragst. Das habe ich gern, wenn du so neugierig fragst oder vielmehr natürlich ich hab's garnicht gern. Ich war mit Joseph.«

»Das ist nicht wahr«

»Doch.«

»Lazi war bis eben mit Joseph zusammen und sagte, er sei in die Freudenau gefahren.«

Er hielt sie wieder fester.

»Ich war auch garnicht mit Joseph. Ich habe das auch nur so gesagt, weil du dich immer gleich so aufregst«

Cerni stand ihr jetzt so nahe, daß seine Augen direkt vor ihrem Gesicht waren. Sie fürchtete sich, aber um keinen Preis der Welt hätte sie diesen Moment mit einer anderen Situation getauscht. Zu wunderbar schien ihr das, die Aufregung und der Kitzel und daß nicht vorauszusehen war, wie die Sache ausging, und daß Cerni wußte, wie sehr es ihr gefiel und noch wütender werden würde. Sie beschloß, um die Gefahr der Situation zu erhöhen und weil sie garnicht genau wußte, ob und wie gefährlich es war, Cerni zu berichten, möglichst viel zu sagen. Sie glaubte nicht, daß es das letztemal war, wo sie mit ihm stritt und überlegte sich vage schon einen Grund. Drei Nächte lang wollte sie die Tür vor ihm zusperren, wenn er sie jetzt schlagen würde, und sagen, es täte zu weh. Aber merkwürdigerweise schlug er nicht, sondern stand nur ruhig da und sie merkte kaum, wie er zitterte.

»Setz' dich dahin, ich erzähl' dir schon«, sagte sie und lachte schon wieder ein bißchen. Ihre Macht! Cerni setzte sich automatisch:

»Also mit wem?«

»Aber bitte reg' dich nicht auf, es ist garnicht so schlimm, den habe ich schon ein paarmal gesehen bei der Lilo. Er ist schön und blond und garnicht verliebt, und ich bin auch nicht verliebt, das weißt du ja. Und wir waren nur da, wo uns keiner sieht, damit die Leute nicht klatschen, in einem ganz ganz kleinen Café, in einer Nische. Joseph kennt ihn auch und findet ihn sehr nett. Du mußt ihn auch mal sehen, du findest ihn sicher auch sehr nett.«

»Wer?«

»Nein, du mußt mir erst versprechen, daß du nicht böse sein wirst und ihn nicht schlagen wirst. Er kann zwar sehr gut boxen und ein Gut hat er auch und Kühe. Du kannst ihm sicher einen Rat geben, er versteht garnicht viel von Landwirtschaft.«

Cerni fühlte plötzlich, daß er irrsinnig müde wurde. Er saß da und hörte kaum hin; und wartete nur auf den Namen. Seit Tagen schon sahen ihn die Freunde so an, als wollten sie ihm etwas sagen, seit Tagen wurde ein Name in seiner Gegenwart gemieden, ein Name, den er genau wußte. Der Name eines Schauspielers, der wohlhabend war, ein Gütchen bei Wien besaß und den die Frauen liebten, weil er sie liebte. Und er, Cerni, hatte sein Herz stumpf gemacht und nicht aufgepaßt. Er wußte, was geschehen würde, wenn sie diesen Namen nennen würde. Er wußte es, und er konnte es nicht ändern. Er war es sich schuldig und seiner hoffnungslosen Scham vor sich selber. Er würde aufstehen und seiner Frau ins Gesicht schlagen, in dieses lächelnde, überhebliche, geliebte Gesicht.

»Er hat mich früher schon mal tanzen gesehen«, fuhr die Stimme fort, »natürlich fand er mich scheußlich. Er sagte, ich wundere mich wirklich, Baronin, wo Sie Ihren Charme lassen, wenn Sie auf die Bühne gehen. Komisch, nicht? Eigentlich müßtest du ihn überhaupt kennen.«

Lena brachte es fertig, einfach alles zu sagen, sie schreckte vor nichts zurück.

»Er verkehrt in der feinen Gesellschaft«, sagte sie mit der Hochachtung, die sie ihrem Gatten schuldig zu sein glaubte. »Hast du ihn nie getroffen? Er wird viel eingeladen. Neulich fragte er mich, wo du deine Anzüge machen läßt. Er findet dich immer so gut gekleidet.«

»Wer?«

»Wieso, ich erzähle dir doch alles. Warum siehst du so blaß aus? Ich hör' lieber auf.«

»Wer?«

»Sei doch nicht so scheußlich. Du weißt doch wer, Kluger natürlich.«

»Kluger natürlich.«

Cerni hatte es ja gewußt. Er hatte es erwartet. Alles hatte er gewußt. Er wollte noch fragen: hast du ihn geküßt, aber es ging nicht. Ein Cerni, der über sich selbst keine Gewalt mehr hatte, war schwerfällig aufgestanden und hatte seiner Frau ins Gesicht geschlagen, ehe er zum Sprechen kam. Und Lena, die sah, daß es ernst war, todernst, hatte ihre Reflexbewegung gemacht, armselige Bewegung einer Frau, die schon keine Waffe mehr hat. Sie riß den Telefonhörer ab und rief nach der Polizei. Jetzt wußte Cerni, daß er wütend war. Diese kurze Zeit, bis die Polizei kommen würde, gehörte ihm. Er wurde ganz eisig. Lena war in die Ecke des Zimmers geflüchtet und kreischte ordinär und laut.

Cerni ging gerade auf sie zu, einen Stuhl, der ihm im Wege stand, schleuderte er gegen den Schreibtisch, daß die Vase mit Rosen, anonym an Lena geschickt, klirrend zerbrach. Er faßte mit einer ihre beiden Hände und schlug sie. Aber es nutzte nichts. Ihr Schluchzen war dasselbe, wie in der Nacht, wenn er sie in den Armen hielt. Nichts konnte man ihr antun, nichts war schlimm für sie, alles fand sie wunderbar. Auch daß jetzt irgend ein Wiener Proletarier, ein Schutzmann kommen würde, dem sie erzählen konnte und ihre Stellen zeigen. Er hielt einfach ein mit dem Schlagen und stürzte vor der erstaunt und unzufrieden aufschauenden Frau zur Tür. Aber ehe er öffnete, kehrte er noch einmal um, ganz ruhig nur und nur noch traurig bis zum Rand, ging, während schon die Hotelportiers und die Polizisten an der Klinke rüttelten, auf seine am Boden liegende Frau zu, kniete neben ihr und während sie in tödlicher Angst ihr Gesicht an die Wand preßte, küßte er langsam ihre willenlose Hand. Er kam noch bis zu Lazi, der ihn wie einen Träumenden empfing und mit sich nahm. »Nie wieder«, brüllte er, als er in seinem Bett lag draußen in Lainz, in dem Bett einer längst toten Prinzessin, das albern mit freundlichen Schäferbildchen verziert war, »nie wieder«; und Lazi, der neben ihm saß, ein brüderlicher Freund, streichelte sein zerkratztes Gesicht und tröstete: »nein, nie wieder, Cerni, nie wieder.«

Lena war, nachdem sie sich noch in der Nacht von eifrigen Hotelangestellten hatte trösten lassen, am nächsten Morgen abgefahren.

Es kam jetzt eine stille Zeit. Man hört nicht viel von ihr; aber sie erlaubte brieflich die Beschleunigung einer Scheidung von Cerni, stolz darauf, ihrem vergangenen Gatten die Ehe mit der »feinen Schönheit« und »Dame« zu ermöglichen. »Ich habe ihn ihr gegeben«, sagte sie noch lange danach großzügig, »sie brauchte damals dringend jemanden und Cerni ist doch so nett.«

Später lebte sie auf dem Gut von Kluger still und fast allein, ließ sich nur selten photographieren und wenn, dann trug sie Kopftuch und Dirndlkleid und hatte ihre Arme um den Hals einer Kuh geschlungen. Wie immer, so übertrieb sie auch jetzt die Art ihres neuen Lebens. Sogar bei ihrer Heirat wurde sie nicht laut, vergaß an diesem Tage nicht, wie an allen anderen, die Milchabrechnung vom Schweizer zu fordern und zu prüfen. Die Zeiten, in denen sie auskniff – schnell mal zu Joseph fahren – waren vorbei. Sie blieb wo sie war, sogar als es zu schneien anfing und die Saison in den Städten lockte. Skilaufen auf einem lächerlichen kleinen Hügel, ihrem eigenen Hügel, behauptete sie schöner zu finden als den Lärm in der Stadt und sie begnügte sich, wie irgendeine kleine Gutsfrau, mit dem Milchgeld für ihre Kleider. Tatsächlich schämte sie sich etwas, Kluger ihren ehemaligen Freunden zu zeigen; da er ihr selbst wenig imponierte, glaubte sie, daß alle anderen ihn verächtlich finden würden. Es gibt wenig von ihr zu sagen in diesen zwei Jahren, aber es ist anzunehmen, daß es ihr eine zeitlang ruhig und angenehm ging und sie sich ausruhte von all ihrem verhetzten Leben und Herumfahren. Sicher hätte es sie maßlos chockiert, wenn man ihr jetzt von einer jungen Person erzählen würde, die ihrem Gatten die Tür verschloß, nur um Szenen zu erleben, oder wenn ihr jemand die Photographien gezeigt hatte, die der Dichter früher von ihr aufgenommen hatte, wo sie nackt mit gekreuzten Beinen auf dem Schreibtisch oder nackt mit offenen Haaren auf einer Schaukel saß, oder nackt mit Knöpfstiefelchen an den Füßen neben einer anderen nackten Frau. Abends machte sie Abziehbilder und verschickte die als kleine Grüße an die Freunde von früher. Sie war unglücklich über das elektrische Licht in dem kleinen Gutshaus und kaufte sich im Kramladen des Dorfes eine Petroleumlampe, die sie nicht anzuzünden verstand. Ihre städtischen Kleider hatte sie in einen großen Schrankkoffer gepackt, der noch Cernis Initialen trug, und lief manchmal hin, um ihn zu öffnen und den Duft ihres vergangenen Lebens zu probieren. Sie sah den Leuten zu, die Stalldienst hatten und wunderte sich, daß sie nicht respektiert wurde, obwohl sie ihnen manchmal die Gabel entriß, um Mist zu schaufeln, was sie allerdings nie länger als sieben Minuten aushielt. Sie hatte Cernis Wunschtraum von einem stillen Leben auf dem Lande für sich erfüllt, nur eben ohne ihn. Es war ähnlich wie früher, als sie beinahe nur ihren Freunden zuliebe einen Grafen heiratete.

Nach diesen zwei Jahren fing ihre Unruhe damit an, daß sie herumfuhr, um alten Bekannten von ihrem ruhigen Leben zu berichten. Dabei sprach sie sonderbarerweise nicht wie früher von ihrer großen Liebe zu ihrem Gatten. Dann begann sie mit Ydet zu fliegen. So wie der nach Wien kam, rief er sie an und nahm sie mit sich nach München, Berlin und Budapest. Sie versuchte Kluger zu bewegen, stolz auf sie zu sein, aber Kluger war das alles gleichgültig und seine Reaktionen waren von Lena garnicht vorauszusehen. Für ihn war sie eine von den vielen Frauen, die ihn liebten, nicht die eine angebetete, besondere, vor allen einzigartige. Er schlief gern mit ihr. Er lachte zuerst, wenn sie ihm vom Kuhstall erzählte, bald aber gewöhnte er sich daran und ärgerte sich, wenn sie kleine Unterschlagungen des Schweizers zu ernst nahm. Es amüsierte ihn, daß sie früher einmal bekannt, berühmt, berüchtigt war. Er verlangte von ihr die Treue irgendeiner Gattin und Lena wußte genau, wenn sie ihre Treue nicht hielt, würde Kluger sie ohne jede aufregende Szene heraussetzen und dazu hatte sie gar keine Lust. Kluger war der erste von allen, der genug Geld hatte, um ihr richtige Ruhe zu verschaffen. Und auch, wenn sie nicht viel von ihm bekam, war doch das Wissen um dieses Geld schon ein Reiz für sie. Der Dichter war in ihren Augen ein reicher Mann gewesen, aber den Männern Geld wegzunehmen und es zu behalten, gelang ihr damals garnicht. Was sie von ihm zurückbehielt, war eine Perlenkette, von der sie in der Inflation ihre Ehe mit Mar bestritt, bis sie wieder tanzen mußte. Cerni arbeitete hart, sie wohnte mit ihm im Hotel und war schon dadurch fortwährend bereit, abzureisen. Hier jetzt auf dem Gut konnte sie sparen, sie legte geringe Summen zurück wie ehedem ihre kleinen Vorfahren in Polen und wachte ängstlich darüber, daß niemand es erfuhr. Sie hätte von Joseph immer alles haben können, aber das hätte ihre Beziehung zu ihm gestört. Das, was sie ihr Herz nannte, diese Sehnsucht nach dem wirklich letzten, ganz kommunen Gefühl, war ihr wichtiger. Immerhin anerkannte sie die kleine bürgerliche Verpflichtung eines Gatten für sie zu sorgen und ihr immer mehr zu geben, als sie nötig hatte.

Sie fand es aufregend, mit Ydet zu fliegen.

Sie liebte es, obwohl es ihr Angst machte, aber sie hütete sich, Kluger mit ihm zu betrügen. Küßchen und Zärtlichkeiten natürlich, aber nichts Ernsthaftes. Und darum war sie nachher so bodenlos entsetzt, als es herauskam. Kluger hatte angefangen, wie irgend ein spießiger Ehegatte, mit Lilo, die er vor Lena kannte, ernsthaft zu flirten. Er hütete sich sehr und glaubte, Lena würde nie etwas erfahren. Sie war ja immer auf dem Land und er traf Lilo in Wien, wenn er dort zu tun hatte, ganz geheim. Niemand wußte darum, wie weit die beiden waren und es schien unerklärlich, wie Lena davon erfahren konnte. Aber manchmal hatte sie eben etwas wie ein Detektiv. Sie erwartete von Kluger keine Szene, sie erhoffte nichts Aufregendes, aber im selben Moment, als sie's wußte, war bei ihr alles aus.

Sie packte ihre Sachen und fuhr nach Feldafing. Kurz vor der Abreise lief sie noch einmal, blaß vor

Entsetzen, in den Stall und streichelte die Kühe. »Ihr ward fein und ich war sehr mit euch zufrieden; aber wieviel Milch ihr von jetzt an gebt, ist mir vollkommen gleichgültig. Ihr könnt jetzt auch ruhig eine Seuche kriegen, denn ich habe nichts mehr mit euch zu tun.«

In Feldafing war sie bekannt wie ein bunter Hund und in dem einzigen eleganten Hotel beliebter als irgend ein anderer Gast. Sie konnte mit wenigen von allen Freunden ein Hotel populärer machen als eine gute Jazzband und sie wußte, was sie diesem Rufe schuldig war. Schon vom ersten Tage an empfing sie ihre alten Bekannten von ehedem und enttäuschte sie anfänglich nicht. Sie bekamen, was sie wollten, wilde abenteuerliche Erzählungen von ihr über eine Ehe, in der sie verwöhnt und verlassen wurde und über ein Landleben mit Kühen und Petroleumlicht, das sie jetzt ironisierte. Ihr geschiedener Mann Mar kam zu ihr und bewunderte sie rechtschaffen, wenn sie im Trikot am Strand lag. Es kursierte eine zeitlang sogar das etwas wilde Gerücht, Mar habe seiner brennenden Liebe zu Lena wegen sich eines Tages vom Boot ins Wasser gestürzt, um einem sinnlosen Leben ein Ende zu bereiten. Aber da er wohlbehalten, nur etwas erschöpft ans Ufer kam, kann es ein Sport von ihm gewesen sein, ebenso gut wie eine Selbstmordabsicht.

In diese Zeit, die merkwürdigerweise ganz ehelos war, fällt die etwas verwirrende Beziehung Lenas zu den Kramers, einem jungen Ehepaar. Das hatte es sonst nicht gegeben, daß Lena eine Ehe nicht zerstörte, sondern eher festigte. Vielleicht hatte sie damals in dieser Feldafinger Zeit unbewußt die Sehnsucht, wieder ein gutes Mädchen zu sein, eines, das ohne allzuviel Tam-Tam ruhig dahin lebt, ein einfaches Schicksal mit einfachen Leuten teilt und sich beschützen läßt von einer verheirateten Frau. Herr Kramer war Zahnarzt und war mit seiner Frau und seinen Kindern zur Erholung da. Anfänglich sah er Lena, wenn sie allein im Speisesaal saß oder laut lachend mit ihren Münchner Freunden, nicht mehr interessiert an, als sonst irgend eine prominente Person. Dann wunderte er sich ein wenig, wie alle Leute seiner Art, daß diese berühmte Frau allmorgendlich vergnügt im See planschte und freundliche Gespräche mit anderen Menschen führte. Reizvoll fand er sie im Anfang kaum, was seiner Frau die Möglichkeit gab, einfach zu behaupten, Lena sei einfach zum Verlieben. Sie verliebte sich auch in Lena, aber das wußte sie selbst nicht.

Die Freunde aus München kamen spärlicher. Das, was sie an Lena gewöhnt waren, das ständig Wechselnde, Lebendige, die Geschichten, die sie erzählte, von Liebhabern, die ihretwegen unglücklich waren, von schönen Frauen, die ihretwegen kratzten und weinten, gab es nicht mehr. Es war still um Lena und sie brachte es nicht fertig, diese Leute für ein lächerlich einfaches, unauffälliges Eheleben, wie das der Kramer, zu interessieren. Außerdem gab es viele Frauen, die in Badeanzügen bedeutend hübscher aussahen als Lena. Lena war jetzt eine Frau, die ihren letzten, nicht sehr erstklassigen Gatten verlassen hatte und augenblicklich ohne Abenteuer sich von ihrem wilderscheinenden Leben erholte. Eine nicht sehr interessante Frau mit einer komischen Freundschaft für einen Zahnarzt. Erst natürlich gab es genug wilde Gerüchte: »Die treiben es zu dritt, fressen Kokain im Bett, die Frau Kramer verkauft schon ihren Schmuck, um mit Lena sein zu können und der Mann hat seine Praxis aufgegeben.« Aber diese Gerüchte waren so aus der Luft gegriffen, daß ihnen das Sprühende, der Reiz irgendeiner Geschichte, hinter der ein wahrer Vorgang steckt, fehlte. Wahr war nur, Lena aß mit den Kramers, badete, tauschte und besprach mit der Frau Kleider, ließ sich von dem Gatten Zigaretten anzünden, lag in der Sonne und spielte mit den Kinderchen und fand es aufregender, wenn eines der Kinderchen sich in die Hosen machte, als früher, wenn einer ihrer Gatten einen Anbeter mißtrauisch ohrfeigte. Und als die Kramers abfuhren, der Mann zu seiner Praxis, die Kinderchen zu ihrer Schule, blieb von dieser Freundschaft, von diesem Tag- und Nacht-Zusammensein überhaupt nichts übrig. Nicht mal ein Brief oder eine Karte, keine Photographie, garnichts.

Im Winter fuhr Lena nach London, das sie noch nicht kannte und wo Joseph jetzt arbeitete. Joseph war in einer Bank in der City, die der seines Vaters in Berlin nahe stand und lernte. Er saß den ganzen Tag, mit seiner großen Brille wie eine Eule aussehend, vor dicken Büchern, in denen die Geschäftsvorgänge seit den Gründerjahren kurz notiert waren. Er sah also die Geheimnisse und gleichsam das Gerippe des Geschäftes und daß er das sehen durfte, war so viel, wie die Bank für den Sohn eines deutschen Geschäftsfreundes tun konnte. Er wohnte in einem kleinen netten Ziegelhaus, das einem ehemaligen Butler, William, gehörte, dessen Frau wunderbare Hammelsteaks und Brombeerpies zu kochen wußte. Er lebte wie irgendein englischer Junge, trug einen Cut und Tophat, wenn er Karten abwarf, fuhr Sonnabend und Sonntag aufs Land, ging ohne Begleitung abends ins Alberthall zu den Boxkämpfen und mit Damen ins Ritz essen. Er hatte seinen Wagen mit, denselben, den er damals second hand von dem Dichter gekauft hatte und das gute alte Stück fuhr groß, weiß und viel zu lang für die City durch den Verkehr. Mal riß er die Deichsel eines Wagens ab, mal den Hinterperron eines Autobusses, aber so lange er keinem Menschen etwas Ernsthaftes zufügte, fand alle Welt es richtiger, daß er mit der altmodischen Riesenmaschine fuhr, statt mit einem neuen praktischen kleinen Wagen.

Lena wohnte bei ihm. Sie hatte tagsüber wenig zu tun, während Joseph in der Bank war. Freunde hatte sie in London keine. Mit William konnte man sich nicht so gut unterhalten wie mit deutschen Dienstboten. Er war viel zu vornehm dazu. Sie ging in dem kleinen Häuschen herum und langweilte sich. Da sie keine Leute kannte, konnte sie nicht mal telefonieren. Sie ging herum, öffnete Schränke, zog Kommodenschubladen heraus und kramte alles durch. Alte Papiere, Zeitschriften, uneröffnete Briefe und ähnliches. Auf diese Weise fand sie heraus, daß Joseph irgendwo seine Klubbeiträge nicht bezahlt hatte und machte ihm dann abends Vorwürfe. Joseph lachte darüber. Sie fand Telegramme seiner Eltern, in denen die sich bitter beklagten, keine Nachricht bekommen zu haben, und da Lena ein Faible für Eltern hatte, die ihren allerdings übersah sie stets, machte sie ihm wieder Vorwürfe. Joseph lachte, aber überlegte schon ernstlich, wie er etwas zu tun für Lena finden könnte. Er ließ in Gedanken seine Freunde Revue passieren, sie paßten alle nicht als Zeitvertreib für Lena, erst recht nicht als Flirts, erst recht nicht als Gatten. Er dachte daran, sie wieder tanzen zu lassen, aber obwohl er sie aufregend fand und stolz auf ihre Freundschaft war, sah er, daß sie zu dick dazu war. Er war so gewöhnt daran, Rat und Helfer zu sein in ihren Angelegenheiten, die sie mit anderen Männern hatte, daß er garnicht auf die Idee kam, mit sich selbst als in andrer Form zu rechnen. Dann nahm Lena, die eher nicht wußte, was sie eigentlich wollte und die gewohnt war, Dinge zu loben, ohne sie sich zu wünschen, die Sache in die Hand. Aus Versehen, aus Wut, aus Zufall, aus einer Art Eifersucht. Immer fand sie es selbstverständlich, daß Joseph sich um die Mädchen, mit denen er gerade befreundet war, so lange nicht kümmerte, als sie ihn und seine Zeit nötig hatte. Sonst interessierte sie sich nicht für seine Flirts. Aber hier in London hatte sie selbst keine, also wollte sie Joseph und mehr als seine Zeit. Da fand sie die Handschuhe. Sie hatte eines Tages, wieder ohne Lust auszugehen und etwas zu tun, im ganzen Haus die Schränke und Schubladen durchgesucht und alle Briefe wieder gelesen, die sie ebensowenig angingen wie brennend interessierten. In einem kleinen Schlafzimmer fand sie im Nachttisch ein Paar wildlederne Handschuhe, wie sie junge Mädchen zum Reiten tragen oder vormittags zum Kostüm, aus schönem weichen Leder, hell, mit zwei Perlmutterknöpfen, den Namen einer guten Firma darin und zart nach Seife duftend.

Am selben Abend ging sie mit Joseph ins Bett. Mitten in der Nacht erwachte sie, knipste das Licht an und fragte: »Hat hier schon vor mir einmal eine Frau gewohnt?« Und Joseph, der garnicht froh war, hatte das Licht ausgeknipst und vage geantwortet: »Ja, nein, er erinnere sich nicht.«

Joseph saß den ganzen nächsten Tag in seiner Office ohne zu arbeiten und überlegte. Vor ihm lagen die großen schweren Bücher mit den Jahresberichten aufgeschlagen, aber er schaute nicht einmal hinein. Er sah vor sich hin und wartete darauf, wahnsinnig glücklich zu sein. Aber es war nichts damit. Sein ganzes Leben lang hatte er geträumt und geglaubt, Lena besitzen zu können sei die Krone seiner Wünsche, und nun, nach der sogenannten Erfüllung, nichts. Er begriff sich nicht, dabei war Lena nicht anders gewesen, als er sie sich früher einmal ungenau vorgestellt hatte. Erst sehr schamhaft und kühl und plötzlich bewußtlos mit tiefen Schreien wie ein Tier, verloren, glühend heiß, und er, statt weich zu werden und glücklich wie sonst, wurde merkwürdig ruhig und beobachtete sich und sie mit großer Genauigkeit. Er war nicht aufgeregt, dachte, während er sie küßte, an einen nebligen Tag in Folkestone, wo er mit dem Auto war und schämte sich gleich danach, daß er an Nebel und Auto denken konnte mit der geliebtesten Frau in den Armen. Ließ sie dann aber einfach zurück in die Kissen sinken, zog seine Arme an sich und begann es unbequem zu finden im Bett zu zweit. Er beneidete Cerni, er beneidete Mar und alle, von denen er es wußte, um ihre wunderbare Liebe zu dieser Frau und er fühlte sich all diesen Männern unterlegen. Im Halbschlaf fühlte er Lenas zufriedene Atemzüge neben sich, ihre feuchte Wärme und war böse auf sie. Warum das alles so war, begriff er nicht. Es interessierte ihn dieses Warum auch nicht zu sehr; wichtiger war, zu entscheiden, was nun zu tun sei. Er überlegte. Er nahm die Brille ab und zeichnete in das aufgeschlagene Buch Kreise, Kritzel. Dann, als er die Brille wieder aufsetzte, merkte er, daß er verspielt den kleinen Vogel gezeichnet hatte, den kleinen, dicken, runden Vogel mit dem langen Schnabel, den Lena statt ihrer Unterschrift immer malte, den sie aus Silber am Hut trug, aus Seide auf ihren Kleidern, Emblem ihres Namens. Mitten hinein hatte er den kleinen Vogel gezeichnet in den Bericht der englischen Anleihe für den rumänischen Petroleumtrust. Während er radierte, beschloß er, Lena noch zwei Tage mit England zu unterhalten und sie dann fortzuschicken. Er rief Freunde an, machte Verabredungen für den späten Abend, für eine Autofahrt am nächsten Tag, für Theater- und Teegesellschaften. Dabei fühlte er erst, wie schrecklich traurig er war. Dann fiel ihm der kleine Vierzylinder-Bugatti ein, den er noch in Amsterdam stehen hatte von seinem ersten Lehrjahr an. Den konnte Lena haben, den konnte sie vielleicht ganz fein gebrauchen, und den hatte er sehr geliebt. Und dann schien ihm richtig, noch etwas zu geben, was persönlicher war, zuverlässiger, vielversprechender, und er besorgte einen Riesenkasten, der eigentlich für Hüte bestimmt war. Er ließ einen Vogel darauf malen. In den Kasten sollte Lena alle Telegramme tun, die sie von Joseph je erhalten hatte und noch bekommen würde. Es schien ihm unmöglich, daß das aufhören könnte, dieses Von-einander-wissen, dieses Sich-mitteilenmüssen. Es war doch nichts verändert an ihrer Beziehung, an dieser wirklich besten Freundschaft, oder doch? Joseph wünschte die Zeiten der Sehnsucht wieder zurück und die der grenzenlosen Bewunderung. Dann genierte er sich, schon nach Haus zu kommen und ging zu Fuß auf Umwegen dahin, um sich zu verspäten. Aber Lena war gar nicht da. William meldete, sie sei fortgegangen ohne zu sagen wohin und wann sie wiederkäme.

»Angezogen?«

William wußte es nicht zu sagen. Selbst für einen ehemaligen englischen Butler war es schwer zu sagen, ob das, was Lena trug, für einen Tee bestimmt war oder für einen Theaterbesuch oder für einen Spaziergang. Joseph bekam jetzt Gewissensbisse und das war in dieser Situation das Beste, was Lena passieren konnte. Sie war wirklich nicht weggegangen, um ihn zu beeindrucken, sie überlegte nie, was zu tun oder zu lassen das Beste wäre, aber sie hatte wahrscheinlich einen besonderen Schutzengel, der ihr gute Ratschläge zuflüsterte. Joseph wartete auf ihre Rückkunft und infolgedessen dachte er an sie und begann sich zu sorgen. Hatte sie etwas gespürt, eine Veränderung? Sie tat ihm leid. War es aus mit ihr, verlöschte ihr Stern? Alle Männer von ihr waren erst dann ganz hörig, nachdem sie mit ihnen geschlafen hatte, dann waren sie für Lena, absolut, sogar gegen ihren eignen Haß, der weiter bestand und gegen ihre Nerven, die weiter und stärker angegriffen wurden. Vielleicht lag es an ihm selber, an ihm, Joseph. Vielleicht war er zu unbegabt, um Gefühl richtig wie andere Männer zu haben. Vielleicht war es auch Angst vor kommendem Kummer, ach, er wußte nicht Bescheid über sich selbst, nie hatte es ihm nötig geschienen und hier jetzt in so einem Moment versagte er natürlich vor sich selbst. Er wußte schon, daß Lena in denen, die sie lieben sollten, erst das erschaffen mußte, was sie von ihnen haben wollte. Keiner von allen hatte vor ihr wirklich jemanden geliebt, keiner wußte vorher überhaupt, daß er dazu fähig war und vor allem, keiner hatte vorher Sehnsucht danach gehabt. Sie zeigte ihnen erst die Möglichkeit und Notwendigkeit des gesteigerten Gefühls und bezog es dann auf sich. Und im Schrei, in der Exaltation glaubte sie dieses Gefühl erst und durch Schrei, Prügel und Tränen ließ sie sich's bestätigen. Er, Joseph, hatte nicht geschrien, er hatte im entscheidenden Moment nichts gefühlt als beschämende Langeweile. Er hatte versagt. So lange von ihm Freundschaft verlangt wurde, das für Lena Dasein, das Verläßliche, war er gut und brauchbar. Als Liebhaber nichts. Sein Mitleid mit sich, mit der Situation, mit Lena wuchs.

Als er sie dann doch fortschickte, war er schon entschlossen, irgend etwas in sich zu erfinden, was er ihr bieten könnte. Ein Ersatz für etwas, wozu er nicht fähig war. Sie hatte das Recht, diesen Ersatz recht wunderbar zu verlangen, nichts war ja so gut wie das gesteigerte Gefühl, das sie erwartet hatte. Vielleicht Reisen? So wie sie noch nie gereist war? Immer, wenn jetzt Lenas Telegramme ankamen, von Amsterdam, von Berlin, von Feldafing, wo überall sie unruhig einer glücklicheren Zeit nachlief, die für sie vergangen war, holte Joseph den Weltatlas und fuhr, vorläufig nur mit dem Zeigefinger, in entferntestes Land.

Lena irrte herum. Fuhr ohne Ziel von irgendwo ab und besuchte all ihre geliebten Plätze. Ließ sich um ihrer Vergangenheit, ihrer strahlenden Vergangenheit willen bewundern und machte dabei eigentlich alle Leute um sie herum traurig. Niemand glaubte mehr an eine Zukunft für sie, die der Vergangenheit wert war. Da man meinte, daß sie das spürte, was keineswegs der Fall war, versuchte man, sie mit Erinnerungen zu trösten.

»Hört zu, alle, Lenas ersten Auftritt hier in Berlin«, schrie Erik, der sich besonders Lenas annahm, der sich sogar etwas wie verantwortlich fühlte, weil sie mal in seinem Ballett war.

»Aber du warst doch garnicht dabei.«

»Aber viele haben mir alles erzählt.«

Viele erzählten immer alles um Lena.

»Warum kamst du eigentlich damals nach Berlin? Erzähle!«

»Weil ich aus der Tanzschule geflogen war, in Dresden. Alle dachten immer, ich sei so schlimm, weil ich junge Männer in ihren Wohnungen besuchte. Zu albern. Das war garnicht so schlimm. Jedenfalls flog ich raus und weil meine alte Mama so wütend war, dachte ich an meinen Vetter, der in Berlin Literat war. In Berlin Literat zu sein, schien mir ein aufregender und imposanter Beruf. Und weil man mir erzählt hatte, Literaten säßen im alten Café des Westens, so ging ich eben ins alte Café des Westens.«

»Aber wie! Das müßt ihr hören. Also es kommt jemand herein, alle Leute drehen sich zur Tür. Dazu gehörte damals was, als es noch Mode war, daß Künstler keineswegs aussehen durften wie andere Menschen. Also ein komisches kleines Mädchen mit einem Röckchen kaum bis an die Knie, damals direkt unanständig, und in einer knallroten, ordinären Seidenbluse.«

»Selbst genäht!«

»Ohne Hut mit straffkrausen Haaren, die wild vom Kopf abstanden. Und über ihr schwebten, in den Händen hielt sie die Schnur verborgen, zwanzig bunte Kinderluftballons.«

»Mein letztes Geld.«

»Wenn du das nicht tüchtig findest. Ein kleines Mädchen mir sechzehn, die zum erstenmal im Leben nach Berlin kommt.«

»Und am selben Tag schon hatte ich einen Spitznamen: Luftballon.«

»Und am selben Abend schon einen Liebhaber.«

»Pfui, Erik!«

»Na, war Brand nicht vielleicht dein Liebhaber?«

»Er ist der einzige, den ich geliebt habe in meinem ganzen Leben.«

»Pfui, Lena!«

»Na ja, dich auch, Erik, aber doch nicht auf so eine Weise.«

»Pfui, Lena, und ich?«

Kommas Gesicht ist ganz rot und vorwurfsvoll.

»Aber Komma, dich liebe ich doch erst mit fünfzig, du wirst doch mein allerletzter Gatte.«

»Dafür danke ich dem lieben Gott. Du bist die einzige Frau, die mich nicht auslacht, wenn ich ihr einen Heiratsantrag mache. Du nimmst ihn sogar an und bestimmst sogar den Termin. Ich werde dich auf Händen tragen von dem Moment an, wo du es mir erlaubst.«

»Schön waren die Zeiten, Lena, weißt du noch, als du noch gar niemals verheiratet warst.«

»Ja schön.«

»Bald darauf tanztest du in meinem Ballett, und dann deine erste kleine Rolle in der Pantomime, wo du den Dichter kennen lerntest. Und wenn wir auf Tournee waren, immer Sonnabends gingst du nicht mit aus, weil du dir den Badeanzug waschen mußtest.«

»Meine einzige Wäsche war der lange Zeit.«

»Und als du dann plötzlich fein wurdest und der Dichter dir ein Kleid kaufte, ein richtiges – «

»Oh, ich hatte schon vorher eins. Selbst gemacht, schwarzer Sammet, darauf war ich stolz.«

»Und dann fuhrst du an den Lido.«

»Und wurde wegen schlechten Benehmens von dem Dichter nach zwei Tagen wieder fortgeschickt.«

»Und im Winter danach dann ganz fein nach St. Moritz.«

»Da, Erik, da wartete ich nicht mehr darauf, weggeschickt zu werden, weißt du noch?«

»Da bekamen wir alle Telegramme aus Zürich, daß du Prinzessin werden würdest.«

»Da war ich dem Dichter durchgegangen mit einem Prinzen, aber der Dichter holte mich zurück. Gott, war das schön. Die Szene im Hotel, wenn der Dichter sagte: ›Das können Sie doch Ihrem Namen nicht antun‹ und wenn der Prinz sagte: ›Das geht Sie doch einen Dreck an.‹ Und der Dichter versprach mir die Hauptrolle in seiner neuen Pantomime zur Belohnung, wenn ich zurückkäme.«

»Die er nie schrieb.«

»Doch, er schrieb sie, aber als sie fertig war, waren wir gerade verkracht. Und als wir wieder gut waren, war ich zu dick und verheiratet und durfte nicht tanzen.«

Und Erik, gerührt und lieb, rief Freunde an.

»Lena ist da!«

Und die Freunde antworteten kühl: »So, wie geht es ihr, grüß sie schön.« Früher wären sie zu ihr gestürzt, hätten ihre Frauen und ihre Geschäfte verlassen, um Lenas abenteuerlichen Daseins willen.

»Ruf Speyer an, er hat mich vor zwei Jahren in Feldafing so geliebt.«

Speyer sagte: »So, Lena ist da, na dann grüß sie man schön.«

»Und Tommy, er hat mich so geliebt lange, lange Zeit?«

Aber nicht einmal Tommy, so berühmt um seiner Treue willen, hatte Zeit und Lust. Und Lena spürte garnicht, was traurig daran war. Es ging ihr überall so, in Berlin, in allen Städten von früher, aber als sie wieder groß war, geliebt und strahlend, da erfuhr es von allen ihren alten Freunden kaum einer.

Lena erwachte eines Tages und fand, daß sie neu war. Alles, was zu ihrer Vergangenheit gehörte, fiel von ihr ab, als habe es nie zu ihr gehört. Die geduckte Kindheit, mit den beiden Schwestern, die ihre Stürmischkeit tadelten, ihre Flucht, die so lange begann, bis sie endgültig war. Ihre Liebhaber, die sie für den Ehrgeiz nahm und um vorwärts zu kommen, sogar als sie es war, die wählen durfte; ihre

Gatten, von denen keiner ihren Moralbegriffen so lange genügte, wie in einer Ehe nötig war. Dieses ganze verwirrte Leben, ihr Tanz, an den sie nie geglaubt hatte, aber von dem sie manchmal lebte, ihre Kämpfe mit den minderen Zeitungen, die sie, wie Michael Kohlhaas, verbissen für Recht und Gerechtigkeit führte; ihr Dichter, der zu begabt war, um rechtzeitig aufzuhören, sie zu lieben. Die Menschen, die sie bewundert hatten und die von ihr lachend sagten: »Ah Lena – prachtvoll!« und sich sonst nicht um sie kümmerten, die Männer, die sie geprügelt hatten und die, die ihr Dinge schenkten. Die Männer, bei denen sie aus plötzlicher Unlust am Hotel wohnte und die sie zwang herumzugehen und ungefragt fortwährend zu versichern: »Lena, sie ist mir eine gute Freundin, nichts als eine ausgezeichnete Freundin.« Die Freunde ihrer Gatten und Liebhaber, von denen sie gehaßt wurde und bekämpft wie eine gefährliche und ansteckende Krankheit. Die Frauen, denen sie die Männer abspenstig machte. Die eine Frau, mit der zusammen sie es unternommen hatte, fremde Männer auf eine verzwickt ausgedachte Weise hereinzulegen. Alles das war vorbei. Sie war nicht stolz, sie gab keine Kunde von sich, sie prahlte nicht. Mit ihrem neuen Dasein ging sie keusch um. Vorbei war auch die Reise mit Joseph nach New York, wo sie fast den ganzen Tag allein im Hotel blieb, weil sie wußte und spürte, daß sie den Amerikanern nicht gefiel, wo ihr außer den Häusern und Lichtern nichts gefiel. Die Fahrt nach Havanna, wo Joseph im

Meer so tief tauchte, daß er ihr sonderbare Gewächse heraufbrachte, Fächerpflanzen, Schwämme, Korallenblöcke; die ersten ihr überreichten Pflanzen, die sie tatsächlich als Huldigung empfand.

Das einzige, was geblieben war, aber so verändert, daß es ebenso gut ein anderer hätte sein können, war Joseph. Er war nicht mehr der Freund, der all ihre Leben kennen lernen mußte und ihre Gefühle und all die Schwierigkeiten. Er war ein Mythos, wenn er fort war und wenn er da war, versuchte sie, ihm die vergangene Lena vorzuspielen, die es nicht mehr gab.

Was sie tatsächlich jetzt war, ist schwer zu sagen. Idol oder Maitresse, Muse oder Geliebte, geheimnisvoll Bewegte, die Polin, was wo anders nie so deutlich geworden war, die Frau mit der stärksten Gesundheit, die nahm und gab in Fülle und für die man sich, obwohl sie ganz ohne Ziel war, auch für die Zukunft keine Sorgen machte.

Obwohl sie sich in zwei Jahren langsam dazu entwickelte, sah es aus, als sei sie plötzlich erschienen, ein Symbol. Es war die plötzliche Erscheinung einer Göttin; der Glaube an eine Geburt aus dem Schaum des Meeres wurde durch sie verständlich, die aus einer Stadt neu geboren war; ebenso wie der Glaube an eine Zwiesprache mit einem Engel, der Überbringer einer Mission war. Es klingt absurd, aber wenn es möglich sein sollte, daß Anarchisten eine Königin erheben, so war Lena dieses, La reine du Mont-Parnasse. Der Mont-Parnasse war schon damals nicht mehr das, was er früher war. Die Verantwortung der jungen Begabungen für ihren Stadtteil war schon nicht mehr vorhanden. Man wollte der Welt nichts mehr schenken und ihr nicht helfen, man wollte kein Genie sein und hielt die Nachwelt für ebenso unbeträchtlich wie den Ruhm.

Lena, die früher nie länger als eine Sekunde vor einem Bild gestanden hatte und auch dann nur, weil sie glaubte, es gehöre sich so, betrachtete nun dumm und hungrig die Bilder der Surrealisten und begriff sie.

Sie modellierte, und wo vor fünfzig Jahren noch jedermann gelächelt hätte, so lobte man nun. Sie war eigentlich nicht in dieser Zeit geboren, die es möglich machte, jede Art von Phantasie und Idee zu manifestieren und dann betrachten zu lassen, aber sie fand sich in die Zeit, weil sie nicht, wie die anderen ihrer Generation, schon vorher erstarrt war. Wenn sie eine Schulter falsch und schief modellierte, so war es keineswegs, weil sie die Schulter so und nicht anders sah oder sehen wollte oder so empfand, sondern pures Unvermögen. Aber so eine Schulter war lenaig, war zu verzeihen, ja anzubeten, weil es offensichtlich klarliegende Unschuld bedeutete, die man gewohnt war, mit kindlichem Unvermögen verbunden zu sehen. Wenn Lena vorher ihren Männern ihre Überlegenheit dadurch bewies, daß sie mit ihnen unbekannten weiblichen Waffen kämpfte, so nahm sie ihnen jetzt einfach die Waffen fort wie den Pinsel aus der Hand. Wenn sie in der Handhabung versagten, so gab es wenigstens immer noch statt Anerkennung

Achtung. Die Versuche, sich mit einem künstlerischen Mittel auszudrücken, galten am Mont-Parnasse jedenfalls mehr als nichts. Hatte sie einen Maler zum Freund, so malte sie sofort. Und die Maler wurden stolz auf Pinsel, die die gemeinsam Vergötterte gebrauchte.

Vergötterte – die Bezeichnung ist nicht falsch, jeder Superlativ ist richtig für eine Lena, hinter der ein Stadtteil stand. »Lena ist das größte Biest«, sagten die Freunde und lächelten, aber obwohl es kritisch war, lag nicht die geringste Ablehnung darin, sondern eher Lob. Deutlich ein Biest zu sein ist am Mont-Parnasse immer noch besser, als undeutlich zum Beispiel eine Dame zu sein.

Es ist nicht ganz leicht festzustellen, wie in einer heutigen Zeit ein Idol entsteht. Eine große Erleichterung bedeutete in diesem Falle das Geld. Es war geheimnisvoll, daß eine reizvolle Frau mit Geld nicht ihr Haus auf der rechten Seite der Seine machte. Das wäre natürlich gewesen; hin und wieder einen Maler oder einen Schriftsteller, gewissermaßen als Schmuck, Zierde und Dokumentierung geistiger Belange. Aber wo war der Reiz, der sie veranlaßte, hier bei ihnen zu wohnen, in reizenden Kleidern die kalte Verachtung der Jungen für Mondänität zu ertragen und sie gleichzeitig damit aufzuregen?

So sah es aus. Eine zumindest seltsame und stets glücklich aussehende Frau, die schrie, wenn man mit ihr sprach. Die einen kleinen schnellen Rennwagen fuhr, der auf der Tür einen ungeschickt gemalten Vogel trug – Emblem ihres Namens – und der nicht oft, aber mit großem Krach aus dem Quartier fortsauste, um später mit ungeschicktem Ruck und großem Krach vor dem Dôme zu halten. Eine Frau, die in zwei Zimmern eines kleinen Hotels wohnte, wo über dem Bett hoch oben an der Decke eine kleine Amsel gezeichnet war; wo es ein Vogelbauer gab und eine Staffelei und einen Koffer voller Seidenstrümpfe aus ihrem ganzen Leben, für die zum Stopfen niemals Zeit war. Große Freundschaft mit dem Hausdiener Maurice, der von Schinkenbroten über plötzlichen Keksen und Küchlein bis zu Autokerzen alles und fortwährend besorgte. Auch später, als Lena schon ihr Atelier hatte, behielt sie ihr Zimmer im Raspail und als dieses Hotel im Laufe der Jahre reich und vornehm wurde und alles streichen ließ, wurde der kleine Vogel an der Decke über dem Bett ausgespart. Hier wohnte sie immer noch, wenn Joseph zu Besuch kam, der dann von dem neuen Atelier und allem, was Lena mit dem Mont-Parnasse verband, nichts wissen wollte und auch nichts erfuhr.

Lena hatte aus Joseph für ihre Freunde einen Mythos gemacht. Schon bevor er ankam, verschwand sie völlig aus ihrem Gesichtskreis, war nicht zu sprechen und nannte Joseph vorher einen Bankier aus Amerika, dem sie verpflichtet wäre. Daß er außerdem ein netter junger Bursch war, verschwieg sie. Und gerade das machte anziehend. Eine Frau von nirgendwoher ohne Ehrgeiz. Doch, mit einem Ehrgeiz, dem der Frau aus dem 18. Jahrhundert: angebetet zu werden und geliebt.

Sie hatte ihre Garde, die für Lena waren wie für eine neue Kunst.

Sie wurde mit der Zeit auch eindeutiger, klarer, leichter zu erklären. Kunstbeflissenen zum Beispiel konnte man mitteilen, daß sie die Frau mit der schönsten Glastiersammlung war. Lasere war es eingefallen. Er hatte Lenas wegen mehr getan als die anderen, die nur von ihr schwärmten. Er hatte seine Frau, sein Kind und sein Heim ihretwegen verlassen und war nur für sie da. Er half ihr Dinge zu kaufen und zu finden, deren Sinn ihr im Beginn garnicht aufging. Hochbeinige geblasene Glaspferde, Märchenwesen mit farbigen Buckeln, Blumen und Käfer, kleine Damen mit gläsernen Röckchen, Elefanten und Böcklein, lauter strahlendes Zeug, das mit der Zeit zu einer beträchtlichen Sammlung erwuchs.

Dann malte sie. Das war leicht, wenn man wie sie mit den Surrealisten lebte und alles gewährt wurde als Ausdruck desjenigen, der es schuf, ohne den geringsten Bezug auf den möglichen Beschauer. Sie malte zwei kleine Bildchen mit scheußlichen Mädchenköpfen, aber wenn sie dann von ihnen erzählte, wurden sie erfreulich. »Das sind zwei Schwestern«, sagte sie, »eine davon ist häßlich und die andere hübsch.« Es war schwierig, die häßliche und die noch häßlichere auseinander zu halten. »Aber sieh doch«, wies Lena, »die häßliche ist die, der ich den neidischen Zug um den Mund herum gemalt habe.«

Lena kommt gegen Mittag in den Dôme, setzt sich vorn an ein bestimmtes Tischchen. Der Kellner begrüßt sie, wie ihr eigener Butler sie in ihrem eigenen Hause begrüßt hätte. Sie bestellt nicht und bekommt das übliche: gebratene Würstchen und Purée. Immer ist irgend jemand von der Bande da, zumindestens eins der dazu gehörigen Mädchen. Lena braucht sich nicht zu langweilen. Allein ist sie ungern.

Manchmal hat sie nach den gebratenen Würstchen noch Hunger. Dann lädt sie den, der gerade an ihrem Tisch sitzt oder daneben ein und fährt mit ihm in ein teures Restaurant. Und trotzdem die Burschen wissen, daß sie nach solchen Einladungen manchmal wochenlang nicht richtig essen können, kommen sie gern mit. Lena bezahlt zwar das Essen, aber was sonst darauf geht an Taxi oder, wenn der Bugatti genommen wird, an Trinkgeldern für Boys und Sous für die Bettler, auf deren geforderte Bezahlung Lena hält, sind hundert Café Crèmes. Wenn Lena abreist, haben die Burschen vom Mont-Parnasse mehr Schulden als gewöhnlich.

Lena wird von Freunden zu einer schönen Rumänin genommen, die im Hotelzimmerchen alles empfängt. »Sie sollen dreimal geschieden sein, habe ich gehört«, sagt Lena beim Hereinkommen. Alles ist starr. »Das ist noch nichts, ich bin viermal geschieden.« Die rumänische Kolonie, deren wichtigste Vertreter, Prinzen und Bankiers, im Zimmer sind, ist begeistert. Lena? Die Charmanteste überhaupt.

Das ist, was sie will. Sie ist süchtig, charmant gefunden zu werden, was ihr gelingt...

Lena läßt einen neuen Bugatti karossieren. Es dauert über ein Jahr und sie will dabei sein, wenn der Meister sägt. Dann fühlt sie sich, als sei sie in der Werkstatt des lieben Gottes, als er die Welt schuf.

Das Fahren mit Lena war eine lustige Hölle. Sie machte schon vom Mont-Parnasse bis zum Rond-Point so viel Fehler, daß sie eigentlich ins Gefängnis gehörte. Die Taxichauffeure, die, erbost über solches Fahren, sie rammen wollten, hörten ein Schimpfwort, Lachen oder eine Liebenswürdigkeit in ihrer harten Aussprache, daß sie sich totlachten und sie in Ruhe ließen. Die Schutzleute, auf deren Pfeifen sie weniger gab als eine Fliege, bekamen süße Blicke. Lena brachte es fertig, beide Hände im dichtesten Gedränge vom Handrad zu nehmen, um sie zum Flehen zu verwenden. Der Schutzmann bekam graue Haare, aber er schrieb sie nicht auf. Meistens kam sie garnicht weiter als bis zum Octroi. Der Motor, empfindlich wie er war, streikte gegen so üble Behandlung, was Lena nicht im geringsten gegen ihn aufbrachte. Sie nahm ein Taxi und fuhr zum Dôme zurück, wie ein König in seine Residenz.

Ihre vielen Freunde lachten und die Fremden wollten wissen, wer sie war.

Lena traf eines Abends in der Coupole an der Bar einen fetten kleinen Mann, der sich benahm, als gehöre ihm die halbe Welt, obwohl er häßlich war. Er sprach Lena an, lässig wie irgend eine Kokotte des Quartiers. Lena, schwer gekränkt, befahl dem Barmann, der sie auslachte, ihn herauszuschmeißen... Sie ging fort und holte einen Trupp aus dem Dôme, um dem Fremden Angst zu machen. Der Fremde wurde von allen stürmisch begrüßt und Lasere erklärte ihr flüsternd, daß es Kießling sei, der Maler. Lena kannte kein Bild von ihm, aber sie hatte schon gelernt, einen Maler mehr zu schätzen als den Prinzen von Wales, und machte ihm sofort den Hof. Kießling, der sich durchaus nicht entschloß, seine Art ihretwegen aufzugeben, bot ihr daraufhin an, mit ihm zu schlafen – für ein Bild. Lena lachte. »Wenn ich ein Bild von Ihnen kaufe«, sagte sie frech, »so stellt sich das bedeutend billiger.«

Als sie ein Paar Tage später sich über den perlrosa Glanz eines seiner Frauenporträts begeisterte, war es ihr sehnlichster Wunsch, von ihm gemalt zu werden. »Wenn du mit mir schläfst«, sagte Kießling.

Lasere, der Lena liebte wie einen Hund und der ihre Popularität sich angelegen sein ließ, brachte ihr Aragon. Der Dichter, der durchaus männliches Gebaren zeigte, war mit seinen gewellten Haaren und flinken Augen reichlich hübsch und grazil, und sie nannte ihn Jeanette. Wenn er von einer seiner vielen Eskapaden, er bereiste Paris, als sei es ein großes Land und schlief jede Nacht wo anders, zum Mont-Parnasse zurückkam, belegte ihn Lena sofort mit Beschlag. Sie behandelte ihn, der sicher eine der stärksten Intelligenzen seiner Generation war, wie eine Mutter ihr jüngstes, etwas dumm geratenes

Kind. Sie kämmte seine Locken, rückte seinen Schlips zurecht und gab ihm zärtlich besorgt zu trinken. Pernod.

Aragon prügelte sich gern. Alle prügelten sich gern am Mont-Parnasse. Der geringste Anlaß zwang diesen großen Jungen aufzuspringen, ihre Jacken im Café zu lassen, auf die Straße zu flitzen und dabei zu sein.

Lena saß mit Freunden in der Coupole. Aragon kam herein, blinzelte in das Licht und setzte sich zu ihnen. Lena beschimpfte ihn sofort. »Wie siehst du aus, Jeanette, Filou! Kein Schlips, kein Hut und hier an der Jacke fehlt ein Knopf.« »Meine letzten Bräute konnten nicht nähen«, entschuldigte sich Jeanette. Lena bestellte den üblichen Pernod, Zwirn, Nadel und Knopf in einem Atem. Sie bekam alles sofort und begann unterhalb des Glases, aus dem der unordentliche Bursche trank, den Knopf anzunähen. Louchard kam herein, ein Junge aus den Kolonien, der zwar einen eleganten französischen Papa, aber überhaupt keine brauchbare Art von Mama besaß, was man ihm ansah. Er war klein, schlampig, mit Kraushaar und grünbrauner Haut. Lena, die sich aus so etwas überhaupt nichts machte, erlaubte ihm oft, bei ihr im Atelier zu sitzen und echten Kaffee zu machen. Louchard wollte gerade zu ihr an den Tisch treten, als er sich von hinten gefaßt fühlte. Ein junger Amerikaner, der mit Kameraden viel getrunken hatte, holte ihn zurück, drehte ihn um, starrte ihm schnell ins Gesicht und auf die Fingernägel und brüllte plötzlich: »Farbiges Schwein!!« Das war albern in einem Café am Mont-Parnasse, wo es ebenso viel Inder, Chinesen, Schweden, Neger, Finnen gab wie sonst etwas. Louchard, erst nur verwundert, haute ihm ruhig und nachdrücklich auf den Kopf. Aragon schrie wie am Spieß: »Laß mich los, Lena, da wird geprügelt.« Aber Lena ließ ihn nicht los. Während ein balgender, brüllender, schlagender Haufen von dem Barmann und einem Flic an die Tür gedrängt wurde und auf der Straße weiter tobte, hielt Lena Aragon an einem Zwirnfaden und drohte ihm mit Nadelstichen. Sie nähte emsig weiter und beschwur ihn mit leiser Stimme nah an seinem erregten Gesicht: »Bleib hier, meine kleine Jeanette, artige kleine Buben prügeln sich nicht mit unfertiger Toilette. Haltet ihn doch fest, ihr anderen.« »Ja, ja, gut«, stammelte Aragon, aber beim nächsten schrillen Schrei von draußen sprang er auf. Da packte ihn die Frau an seinen Locken und preßte seinen Kopf an sich, daß er sich, ohne ihr wehe zu tun, nicht befreien konnte.

Lena war stolz. Wieder hatte ein freiheitsliebender Mann getan, was sie wollte. Daß sie, um ihn zu zwingen, eine Nähnadel nötig gehabt hatte, war ihr gleich.

Sie fuhr in ihrem schnellen kleinen Wagen plötzlich hin und wieder auf Wochen fort. Ganz allein, was dem Mont-Parnasse schrecklich imponierte. Daß an irgendeiner Ecke fast immer Lasere oder sonst einer zu ihr stieg, wußten nur wenige und die intimsten Freunde. Die anderen glaubten, wenn sie

Lasere in der Zeit nicht zu sehen bekamen, er arbeite jetzt viel, weil Lenas Abwesenheit ihm endlich Zeit dazu ließ. Lasere wollte sich nicht etwa verstecken, aber er konnte unmöglich auffallend und offensichtlich am Mont-Parnasse zu Lena und den Koffern einsteigen, weil irgendwo Freunde seiner Frau sitzen konnten oder sogar sie selbst, die begann, mit den beiden verlassenen Kindern Hunger zu leiden. Lasere war zu anständig, sie seine Liebe zu Lena affichieren zu sehen, aber doch nicht anständig genug, darauf zu verzichten. Von solchen Reisen kam man häufig mit schönen Dingen zurück: gestickte Decken aus der Normandie, Teppiche aus Avignon, Glastiere für die Sammlung von überall her.

Lena zeigte Freunden ihren neuen Wagen. Er war niedrig, mit acht Zylindern, schlank geschnitten und schien dazu gemacht, daß man sich im Rennen damit entweder den Schädel zerbrach oder damit siegte. Er stand im Garagen-Hochhaus in der siebenten Etage in einer Box. Sie ließ den Motor an, der hochtönend und donnernd an die Wände hallte, setzte sich und fuhr aus der Box heraus. Dabei gab sie sofort zu viel Gas, der Wagen sprang vorwärts und traf mit seinem vorderen Stoßfänger einen ruhig dastehenden Citroën, der ihm garnichts getan hatte. Er verhakte sich und um ihn frei zu kriegen, fuhr Lena rückwärts, schlug aber zu viel ein und traf mit dem hinteren Stoßfänger einen anderen harmlos auf seinen Herrn wartenden Wagen und verwundete ihn schwer. Lena lachte, stieg heraus und bestellte im Büro, man möge ihrem Wagen wieder in die Box helfen, er wolle nicht wieder von selber herein. Die Garagisten lachten und die Freunde von Lena erzählten lachend, daß Lena, wenn sie ihren Wagen nur drei Meter vorwärts fuhr, zwei andere Wagen verwundete. Niemand von allen dachte daran, daß man ihr auf die Finger hauen müßte und ihr einen Chauffeur nehmen. Sie sagten lachend und zärtlich: »Gott, wie miserabel sie fährt, aber sie hat wohl einen besonderen Schutzengel.« Niemand dachte daran, daß man aufpassen müßte und sie vor dem Moment behüten, wo die Schutzengel einmal schliefen.

Joseph kam wieder mal nach Paris. Er fragte nicht, was war, Lena zog aus dem Atelier ins Hotel in ihr Zimmer mit dem Vogel, war gutartig und spielte verliebt. Es war ruhig und eine gute Gewohnheit das Ganze. Joseph wollte das neue Atelier nicht sehen, nicht was Lena malte und modellierte und nicht ihre Freunde. Er war nicht mehr der Vertraute von früher, er war ein Herr mit Geschäften, der seine Geliebte hatte, wenn er Zeit für sie fand. Er bemerkte ihre Veränderung nur in Bezug auf sich und es wäre unmöglich gewesen für Lena, ihm zu erklären, warum und wie sehr sie für einen Haufen Männer hier die Hauptsache war. Wenn sie mit Joseph ausging auf die Rive droite, in die Oper, ins Ballett, so sah sie genau so aus wie die Lena aus der Wiener Zeit; auffallend angezogen, aber so gelangweilt, daß ihr Gesicht ganz leer wurde. Wenn Joseph erst wieder fort war, freute sie sich. Sie zog wieder in ihr Atelier und empfing von morgens bis abend ihre Jungens. Aus den großen Fenstern sah man auf den Friedhof von Mont-Parnasse, der voll lag von toten Dichtern und Malern. So kam ihr die Idee, über die die Freunde sich totlachten. Lena zeichnete sich eine Urne und ließ sie sich von einem bekannten Steinhauer aus rotem Marmor hauen. »Ich habe bei ihm Prozente«, sagte sie stolz, »weil Lasere bei ihm hin und wieder arbeitet«, und: »Ich muß dafür sorgen, daß, wenn ich sterbe, niemand große Auslagen hat. Außerdem ist es so angenehm zu wissen, worin man sich befinden wird, ehe man in den Himmel kommt.« Die Urne stand im Atelier unter den Glastieren und wurde hin und wieder zum Sitzen benutzt, wenn kein Stuhl mehr frei war.

Es kam seit einiger Zeit manchmal in den Dôme oder in die Coupole ein junger Mann, der von einer unerhörten zarten Schönheit war: de la Rivière. Er war aus einem provencialischen Geschlecht, ganz jung, aus einer armen Familie, der es garnicht so leicht fiel, ihn in die Sorbonne zu schicken. Er besaß einen Wagen, der ebenso winzig wie veraltet war, und unbändigen Stolz. Begrüßte ihn einer, so bog er seine Lippen, spuckte ein Wort aus und sah wo anders hin mit einer Verachtung, die von Schüchternheit kommt. »Das ist der Schönste von allen«, sagte verzweifelt anbetend eine junge Malerin, die mit Lena saß. Lena schämte sich, sie hatte ihn nie bemerkt, da er nicht zu ihrer Clique gehörte, obwohl er so sehr auffiel. Sie sagte nichts über ihren Ärger, aber von dem Augenblick an nur noch so charmante, amüsante Dinge, daß die Leute an ihrem Tisch sich vor Lachen bogen und immer mehr wurden. Der schöne Junge aber trank unbekümmert seinen Kaffee, zahlte und stieg in seinen klappernden Wagen, nicht ohne zuvor mit einem lüsternen Blick Lenas Bugatti betrachtet zu haben. Lena vor dem Café an ihrem Tisch rief lachend: »Der einzige Wagen in Paris, der amüsanter ist als meiner. Ob dieser junge Mann mit mir tauscht?« was endlich dem jungen Mann ein Lächeln entlockte, ehe er den Gang hineinhaute. Am selben Abend sah Lena, wie de la Rivière in den Jungle kam und sofort umdrehen und fortgehen wollte, weil kein Platz mehr an der Bar war. Sie lief auf ihn zu, faßte ihn an der Hand und zog ihn hinter den Bartisch, wo sie sich tief unten auf eine umgestürzte Bierkiste setzten. Sie sprach zu dem Jungen wie eine Schwester zu ihrem Bruder und ohne über seine Schönheit eine Bemerkung zu machen. Das gehörte zu ihrem Komment, einem Mann macht man keine Komplimente, man empfängt sie nur. Der schöne Junge, der wirklich nicht wußte, was sie von ihm wollte, trank verwirrt und hochmütig, was Lena ihm reichte und hatte, als die kleine Malerin traurig über der Bar auf sie heruntersah, schon einen Arm um Lena geschlungen und sein heißes Gesicht nah an dem ihren... Lena, die sich in der Öffentlichkeit fast nie etwas vergab, war von ihrem Sieg über den sonst Unzugänglichen so berauscht, daß sie ihn viele Stunden lang küßte. Der Junge war am Ende völlig betrunken und so intensiv verliebt, daß er weinte, als Lena plötzlich verschwand, ohne zurückzukehren.

Am übernächsten Tage, als er vergeblich versucht hatte, Lena zu treffen, sprach er plötzlich mit allen im Café, die er sonst lässig kaum begrüßt hatte. Jetzt suchte er ihre Intimität und ihre Hilfe. Es stellte sich heraus, daß Lena, die auf solche Sachen flog, unerhört einen Ring bewundert hatte, den er trug. Es war ein Ring, den seit dreihundert Jahren jeder älteste de la Rivière stets trug und erst auf dem letzten Krankenbett sich vom Finger ziehen ließ. Ein schwarzer Stein, der von einer Wellenlinie wie von einem Fluß durchzogen war. Der Junge in seinem verliebten Trance hatte ihn ihr gezeigt und ihn küssend verliebt in ihre Hände gegeben. Lena hatte ihn behalten und er vergessen, ihn zurückzufordern. Jetzt wollte sie ihn nicht wieder herausrücken, er war nach ihrem Komment ein Geschenk, das ihr durchaus gehörte. Der Junge traute sich ohne den Ring nicht nach Hause und war verzweifelt. Es gelang erst dem Doktor Dauße, Lena den Ring wieder abzunehmen. Als de la Rivière erleichtert in seinen klappernden Wagen stieg, pfiffen die jungen Burschen ihm im Dôme und der Junge kam nie wieder auf den Mont-Parnasse.

Mit Dauße hatte es eine sonderbare Bewandtnis. Er gehörte durchaus hierher, man gab viel auf ihn, fragte ihn um Rat, den man befolgte, nicht weil Dauße klug war, sondern fähig zur Vernunft.

Dauße hatte als einziger einen durchaus bürgerlichen Beruf. Er war Arzt und hatte mit vierundzwanzig schon namhaft Ruf genug, um in einem Hospital der Stadt angestellt zu sein. Etwas Malen und Dichten war bei ihm nicht Endzweck und Sehnsucht, sondern eher eine Art Hygiene. Lena war stolzer auf seine Bewunderung als auf die der anderen und verließ sich im übrigen stets fest auf ihn, wenn sie in irgendeiner Klemme war. Es war so amüsant, mit Dauße zu sitzen, wenn eine Prügelei in Gang kam. Er sprang sofort auf, aber nicht, wie Aragon und die anderen Burschen, um mitzuhauen, sondern um diejenigen, die was abbekamen, zu verbinden.

Der Dichter, der alte, der aus Lenas Vorvergangenheit, kam nach Paris, sah Lena und war entzückt. Er sah sofort, was da los war. Lena, die mit sechzehn Jahren genau gewußt hatte, was sie wollte, und die mit beiden Fäusten danach griff und schlug und schrie, wenn es sich verweigerte, hatte jetzt eine Jugend, in der sie nach allem höchst verwundert tastete. Er sah ihre Bilder und lobte sie lachend, aber er lachte nicht über die Bewunderung der Jungen und Begabten für diese Frau; das war etwas, was durchaus ernst zu nehmen war.

»Was machst du mit diesen Burschen, Lena?«

»Es sind meine Freunde und ich liebe sie nur.«

»Schläfst du mit einem von ihnen?«

»Nein, mit keinem.«

Da verschwieg sie Lasere, der zu dieser Zeit kaum

mehr zu verschweigen war.

Das einzige, was den Mann beunruhigte, war der neue Bugatti, ein zauberhafter Wagen, schnell wie eine Idee, schlank wie ein Pfeil, schmal und behend, aber er gefiel ihm nicht, weil er Lena gehörte. Lena, von der er wußte, daß sie ein Wunder war an Mißverstehen von technischen Dingen. Er selbst, einer der ersten Rennfahrer der Welt, kannte Autos so gut wie seine jungen Brüder. Trotzdem fuhr er einmal mit Lena, als sie bat wie ein kleines Hündchen. Aber schon auf dem Boulevard Raspail standen ihm die Haare zu Berge. Wie sie, statt richtig zu fahren, Schutzleute und Fußgänger zum Lachen brachte, bis zu den Champs Elysées den Motor dreimal abwürgte, das fand er, nicht wie die anderen, amüsant, sondern erschreckend. Er fürchtete sich ganz einfach. Er fürchtete sich so sehr, daß er am Octroi, als Lena den Schein für das Benzin löste, mit schnellem Entschluß ein Zündkabel herausriß. Als Lena dann den Wagen nicht anbekam, die Motorhaube öffnete und, trotzdem das lose Kabel vor ihrer Nase baumelte, nicht merkte, was los war, lachte er. »Du kannst nichts machen, laß den Wagen abschleppen.« Lena, zuerst traurig, dann recht vergnügt, pfiff ein Taxi und gab ihm als Adresse die Garage. »Ich habe ja noch den kleinen Bugatti, den alten«, sagte sie tröstend, »wir nehmen den.« Sie bekam ihn tatsächlich aus der Box heraus, aber als sie den gewundenen Gang abwärts rollten, streifte ein Kotflügel die Wand. Der Dichter riß die Handbremse fest, stieg aus und behauptete ganz glücklich, daß die Vorderachse verbogen sei. Das war glatt gelogen und als sich Lena zauberhaft reizend entschuldigte, wurde er richtig rot. Man mußte tatsächlich lange an ihren Charme gewöhnt sein, um ihr eine Freude zu verderben.

Joseph war da gewesen und hatte Lena erlaubt, ein Haus in der Bretagne, das sie seit drei Sommern liebte, zu kaufen. Lena war glücklich. Sie saß seit seiner Abreise ruhig und tagelang in ihrem Atelier und bereitete auf ihre Weise sich zu dem vor, was sie jetzt werden wollte: eine Hausfrau, die sich Hühner hielt und wegen ihrer künstlerischen Neigung ein Studio in Paris. Die Freunde, die sie besuchen kamen, sahen sie mit eifrig geröteten Wangen über einen Berg von zarten seidenen Strümpfen gebeugt. Lena hatte, seitdem sie halb so alt war wie jetzt, niemals Zeit gehabt, Strümpfe stopfen zu lassen. Jetzt begann sie fröhlich selbst damit. Es war noch nicht so lange her, daß sie hundert Paar seidene Strümpfe als den Idealbesitz einer Frau betrachtet hatte. Jetzt besaß sie außerdem eine Kollektion, ein Haus und vieles andere mehr. Sie war zufrieden. Louche machte Kaffee, was die Freunde, obwohl er Orientale war, etwas verdroß. Woher wußte Louche so genau, wo die Tassen ihren Platz hatten, wo die Löffel, der Zucker, die Milch?

Lena saß umgeben von einer Horde im Dôme, als ein Straßenhändler vorbeiging, der Sweater zum Preise von drei Francs ausrief. »Das ist billig«, konstatierte Lena und als sie die Sweater ansah, »das ist entzückend«. Die Dinger waren schäbig und so bunt, daß sie den Augen weh taten. Daußе kam herein und sagte: »Ihr müßt alle mitkommen zur Vernissage Picabia in der Rue de la Boétie.« Daraufhin kaufte Lena, nachdem sie schnell ihre anwesenden Freunde gezählt hatte, siebzehn Stück von den Sweatern und bekam sogar einen Rabatt. Die Burschen zogen strahlend Jacken und Hemden aus, saßen minutenlang mit leuchtend nackten Oberkörpern wie griechische Hirten im rauchigen Café, um dann langsam und mit Geschrei und Begeisterung die Sweater anzuziehen. Lena sah in ihrem aus wie ein Fischmädchen aus Marseille. Ob die Vernissage Picabia ein Erfolg war, wußte niemand zu sagen, denn kein Mensch hatte auf die Bilder so sehr gesehen, wie auf die Horde verrückt angezogener und verrückt begeisterter junger Menschen.

Aber Lena bekam das alles satt. Das, was sie so sehr im Anfang entzückt hatte, diese immer wiederholte Bewunderung durch die nettesten jungen Burschen, schien ihr nun plötzlich nicht mehr genug. Es fehlte der Widerstand, es fehlte bei den Jungen, die Stärke jeder Äußerung lebendiger Bewegung als einzig wichtig empfanden und nicht die Art, eine Kritik, die ihr geholfen hätte. Sie überlegte, wer wirklich ihr gehörte von den vielen, die ihr Lob an allen Ecken sangen. Joseph gewiß nicht. Er lebte sein Leben, wie es ihm paßte, hing an ihr, aber mehr noch an seinen Erinnerungen an sie.

Lasere war der einzige. Er hatte so viel für Lena aufgegeben, daß er glaubte, viel von ihr wiederbekommen zu müssen. Er probierte es und Lena spielte mit ihm. Da verlor er alles.

Sie waren am Abend in der Coupole, Lasere und Lena. Leysin war auch da, der Maler mit dem großen Namen und dem großen Markt, den Lena schon lange kennen lernen wollte. Als sie an diesem Tage ebenso wenig eine Gelegenheit dazu sah wie früher, schuf sie sich eine. Sie sagte: »Lasere, geh jetzt an den Tisch von Leysin und sage, ich will ihn kennen lernen. Tue es, geh.« Lasere, der ihr an diesem Tage schon vierzehnmal widersprochen hatte, halb mißlaunig, halb selbst amüsiert, aber auf jeden Fall auf alles gefaßt, stand langsam und schwerfällig auf und bewegte sich quer durch die Bar auf den Tisch von Leysin zu. Der sah garnicht hin. Er unterhielt sich mit den Frauen an seinem Tisch und merkte erst, daß man etwas von ihm wollte, als der große schöne Kerl da vor ihm ein wenig den Mund öffnete und ruhig, ohne aus die Augen aus seinen zu lassen, sagte: »Lena will Sie kennen lernen.«

»Sie benutzt einen sehr gutaussehenden jungen Mann als Boten.« Leysin wußte noch nicht, ob er sich ärgern sollte oder lachen. »Sie selbst sieht besser aus«, sagte Lasere, aber so, als interessiere ihn die ganze Angelegenheit herzlich wenig. »Warum will sie mich kennen lernen, schöner Bote?« fragte Leysin. Lasere sagte die Wahrheit: »Weil Sie berühmt sind«, und dann stellte er sich selbst vor.

Leysin war gekränkt. Er war derb und breitschultrig, eher klein und behäbig und auf jeden Fall erwartete er von einer Frau, daß sie zumindest vorgab, auf ihn zu fliegen. Jetzt stellte er sie sich natürlich alt und häßlich vor und womöglich noch amerikanisch und reich. Die Frauen an seinem Tisch waren sowieso empört.

»Stell mich bitte vor«, sagte Lena. Sie hatte es vor Eifer auf ihrem Barstuhl nicht mehr ausgehalten und war herübergekommen. Sie sah besonders reizend aus, vor Freude über ihren Einfall glühte ihr Gesicht.

»Setzen Sie sich zu uns«, bat Leysin. Während der Unterhaltung, die amüsant war, wurde Laseres Gesicht dunkler.

»Morgen fahre ich leider aufs Land für einige Zeit«, sagte Leysin plötzlich. »Wohin«, fragte Lena. »Ich habe da ein Haus«, und er versuchte zu beschreiben, wo es lag. »Vielleicht besuchen Sie mich mal«, lud er vage ein.»Natürlich.« Lena, die keinesfalls die Absicht hatte, ihn loszulassen, schlug gleich vor, ihm schon morgen mit ihrem Wagen zu folgen, allein finden würde sie das Haus ja doch nicht.

»Gut also, kommen Sie«, sagte Leysin und sah dabei Lasere ins Gesicht, »ich werde mich freuen.«

»Aber ich habe einen so wunderbaren Wagen«, sagte Lena.

»Ich werde Sie bestimmt überholen und mich dann doch verfahren.«

Leysin stand auf. Er sah ungeheuer kräftig aus, ohne sehr groß zu sein. »Also morgen an der Porte St. Germain am Octroi.« Er verabschiedete sich und ging mit den beiden schmollenden Frauen hinaus. Lena und Lasere behielten den Tisch. Lasere sah so böse aus, daß Lena nicht zu sprechen wagte. Als jemand von der Bande herein kam, sagte sie sofort laut und glücklich: »Leysin hat mich für morgen auf sein Gut eingeladen.«

Lasere saß da mit einem völlig verschlossenen Gesicht. Die Freunde spürten, daß irgend etwas nicht in Ordnung war und zogen sich zurück. Sie hatten Lena gern, wenn sie froh war, aber sich in ihre Schwierigkeiten zu mischen – bah.

Als Dauße hereinkam, genierte er sich nicht. Schwierigkeiten? Eisige Stille? Gut, er war dazu da, Rat zu geben: »Was ist los?«

»Lena hat wieder einmal beschlossen, einen neuen Star an ihren Siegeswagen zu spannen; einen zu viel, scheint mir.«

»Wen?«

»Leysin.«

»Da gibt es doch nur eins für dich, Lasere, wenn es dir nicht paßt, übersieh es.«

»Ich will aber«, bemerkte Lena nun, »daß Lasere mich begleitet, wenn ich morgen auf das Landgut fahre.«

»Ich will aber nicht«, sagte Lasere.

»Gut, dann werde ich dich begleiten«, sagte Dauße ruhig. »Morgen, liebe Lena, werde ich mit meinem Wagen in der Coupole sein, den laß ich dann stehen und wir nehmen deinen Wagen.«

»Ausgezeichnet«, murmelte Lasere zwischen den Zähnen, aber Dauße war schon zu weit fort, um die Ironie zu spüren.

Lasere ging mir Lena nach Haus. Und im Atelier

wußte er sein Recht als zeitweise geduldeter und geliebter Liebhaber so sehr zu überspannen, daß er Lena schlug. Und Lena, die so etwas durchaus nicht mehr gewöhnt war, brüllte so laut, daß es über den Friedhof weg auf dem Boulevard Mont-Parnasse gehört wurde. Lasere war Steinhauer und außerordentlich kräftig. Er hatte die erste Ohrfeige garnicht besonders schlimm gemeint, aber als Lena gleich schrie, daß die Scheiben klirrten, packte er richtig zu.

»Ich gehe ja dann eben nicht, ich kann's dir auch versprechen, Lasere«, jammerte Lena und er ließ sie los. Völlig zerrauft und verheult und müde ging Lena schluchzend durch das große Atelier. Auf allen Stühlen hingen die Strümpfe, die sie am Nachmittag angefangen hatte zu stopfen. Also setzte sie sich in die Ecke auf die Urne. Sie sah die Strümpfe an, die aus allen Zeiten ihres Lebens stammten, und die zerrissen einen großen Koffer gefüllt hatten. Sie war stolz, daß es so viele waren und hatte manche besonders zärtlich wieder erkannt. Tanzstrümpfe, Hochzeitsstrümpfe, französische, Wiener Strümpfe, aprikosen- und teefarben, kaffeefarben, hellgrau, rosa, bräunlich, schwarz, duftig, als wollten sie fortfliegen und schwer und solide aus Seide gestrickt und alle, alle getragen – ihre vergangenen Strümpfe. Wie Wimpel hingen sie über den Glastieren, wie Trophäen über der Staffelei, wie Fahnen, in denen kein Wind wehte. Zärtlich nahm sie ein Paar weiche rosenfarbige und wischte sich die Tränen ab. Lasere stand düster in der Ecke an der Tür mit verschränkten Armen und schämte sich.

Es klingelte.

Er machte auf.

Draußen standen zwei Schutzleute vom Revier Mont-Parnasse. Leute aus dem Haus hatten sie bei dem entsetzlichen Schreien alarmiert. Sie fragten höflich und gleichgültig, denn sie waren allerhand gewohnt hier in der Gegend: »Alles in Ordnung, Madame, oder sollen wir Monsieur mitnehmen?« Lena blinzelte zwischen der zerknautschten Seide hervor und schluckte leise. »Ich habe sie nicht bestellt«, entschuldigte sie sich zu Lasere, der empört dastand und sich auf die Lippen biß. Dann sah sie plötzlich, wie von ihrem kleinen Finger Blut tropfte auf ihr hellgraues Kleid. »Nehmen Sie ihn bitte mit, ich danke Ihnen, meine Herren.« Jetzt schrie Lasere. Er wollte zu ihr gehen, aber da fühlte er, daß er an beiden Händen fest gepackt war. »Lena, du wirst mich nicht wiedersehen, hörst du.«

»Vermutlich«, sagte Lena und ging ihren blutenden Finger unter die Wasserleitung zu halten. Dabei sah sie im Spiegel, daß sie blaß war. Es war schon spät und morgen wollte sie schön aussehen. Die Schutzleute machten die Tür hinter sich zu. Lasere hatte keine Antwort mehr gehabt. Lena fand es gut, daß sie diese Nacht allein war. Sie schmierte fingerdick eine fette Paste auf ihr Gesicht und ging ins Bett. Sie schlief sofort.

Milchkaffee, Dauße und Hörnchen waren schon da, als Lena am Morgen ins Café kam. Sie hatte etwas länger gebraucht, weil sie lange überlegen mußte, welchen Mantel sie anziehen sollte; den alten Ledermantel, der noch aus St. Moritz stammte und in dem sie aussah wie ein feiner alter Sport oder den neuen feinen Ledermantel mit Pelz, der ein letztes Geschenk von Joseph war. »Lena«, begrüßte sie Dauße, »du siehst ja aus wie eine versonntagte Gemüsehändlerin: reich und haltbar gekleidet.«

»Du bist ein Zuckerei, daß du mitkommen willst. Der Tank ist voll und unser Tempo wird süß sein.«

»Was ist mit Lasere«, fragte Dauße mit gerade soviel Interesse, wie es aus seiner Solidarität mit den anderen Burschen kam.

»Weiß nicht«, log Lena.

Sie frühstückte und strahlte. Das Wetter war herrlich.

Plötzlich gab es einen Krach. Gerade vor ihnen, an der Ecke des Boulevard Raspail, hatte ein Gemüsewagen ein Taxi gestreift. Scherben schepperten langsam auf den Asphalt. Dauße sprang auf. Lena konnte über ihr Kaffeeglas hinweg nicht sehen, was los war, so groß war schon die Menschenansammlung. Dauße kam nicht wieder. Sie sah auf die Uhr. Sie mußten zum Octroi, sie war wütend. Da tauchte er endlich auf aus dem Gewühl. Er hatte seine Hand auf der Schulter eines kleinen Mädchens, das neben ihm ging und ihr Taschentuch auf den Mund gepreßt hielt. Sie weinte nicht, obwohl das Tuch schon ganz naß war vom Blut. Dauße ging an Lena vorbei und sagte ruhig: »Tut mir leid, kann nicht mitfahren. Ich muß das kleine

Mädchen nähen, damit ihr Mund später, wenn sie eine Dame ist, nicht häßlich wird.« Lena fand ihn bezaubernd in so einem Moment. Wie nett von ihm, sich mit der Hand auf das kleine verwundete Mädchen zu stützen, das nun ganz vertrauensvoll glauben mußte, es sei ihm nichts Schlimmes geschehen, wenn so ein großer kräftiger Bursche sich beim Gehen an ihrer Schulter festhielt. Lena sah noch zu, wie Dauße das kleine Mädchen in seinen klapprigen Citroën hob und mit ihr fortfuhr. Dann stieg sie in ihren Wagen und während der Motor schon losdonnerte, tat es ihr plötzlich leid, allein fahren zu müssen. Sie blickte die Reihe der Tische an. Eigentlich war noch niemand Rechtes da. Doch vielleicht die kleine Studentin: »Willst du mit mir fahren aufs Land, Ilse?«

»Oh gern!«

Oben an der Ecke des Boulevard Raspail mußte sie einer großen Glasscherbe ausweichen, die noch auf dem Damm lag von dem getroffenen Taxi.

Am Octroi wartete Leysin schon mit seinem großen Wagen. Er sah lachend auf Lenas schlanken kleinen Renner. »Folgen Sie mir gut«, sagte er, »und falls ich aus Versehen zu schnell fahre, so geben Sie Signal. Dann halte ich.«

»Oh, sehen Sie sich lieber vor, daß ich Sie nicht überhole.«

Sie fuhren auf der Straße, die gerade von Paris nach St. Germain führt und die Sonntags so voll ist, daß man nicht überholen kann, sondern sich nach dem Tempo richten muß, das der erste Wagen von den hunderten, die vor einem liegen, einschlägt. Und den fährt, so scheint es, gewöhnlich ein behäbiger, ruhiger Bürger. Heute war es fast völlig leer. Der Herbst fing an. Wind riß Lena die Haare unter der Kappe hervor. Die wehenden Haare bissen in die Augen. Rötliche Blätter fingen an zu fallen und bedeckten stellenweise die geteerte Straße, sodaß der Wagen sanft zu rutschen anfing. Im Walde von St. Germain sah Lena manchmal den Wagen von Leysin nicht mehr. Die Straße machte Kurven, an denen die Bäume dicht standen. Lena gab Gas. Heute fuhr sie gut. Sie ging weitaußen in die Kurven und schnitt sie dann mit einem Sprung der Hinterräder wie der beste Mann in einem Rennen. Sie fuhr gut, nicht für das Zufallsmädel neben ihr, sondern für Leysin, für einen Mann, der sie garnicht sehen konnte. Sie war glücklich. Sie wußte, daß, wenn sie jetzt etwas für ihn leistete, ihre Haltung ihm gegenüber nachher klar und sicher sein könnte. Sie fuhr hinter ihm her, war aufmerksam und verdiente sich seine Freundschaft, ohne daß er darum wußte. Zweimal hatte sie versucht, ihn zu überholen. Aber es ist unnötig, fand sie und strengte den Wagen nicht besonders an. Einmal hatte ihr das Mädchen Ilse vor Schreck an den Arm gegriffen: »Du bist eine Gans«, sagte Lena lachend, »mit mir bist du sicher.« Sofort danach bereute sie, was sie gesagt hatte und klopfte statt auf Holz dreimal an ihre Stirn. Als sie aus dem Wald kamen, schrie sie vor Glück. Weit vorn sah sie wieder den Wagen von Leysin. Lena holte auf. Rechts und links waren

Felder, die am Ende kleine sanft gerundete Hügel emporkletterten. Das Getreide war schon herunter. Der Boden sah gelbbraun und fett aus. An manchen Stellen stiegen kleine Nebelwolken wie Rauch in die kalte Sonne hinauf. Der Wind hatte nichts mehr um sich aufzuhalten und glitt pfeifend um den Wagen herum. Manchmal war der Druck so stark auf die Scheibenräder, daß Lena das Steuer fest anpacken mußte. Es schien ihr, als hielte sie sich an einem Geländer, das sie von der schwarzen Straße kurz unter ihr trennte. Sie blickte auf das Armaturenbrett. Der Zeiger des Tachometers stand jetzt ruhig ziemlich hoch über hundert. Die Straße lag unendlich.

»So könnte ich immer fahren, mein ganzes Leben lang«, sagte Lena fast zärtlich zu dem fremden Mädchen. Sie nahm eine Hand vom Rad und strich schnell über die sieben Hufnägel, die neben den Mascottes ins Holz gehauen waren. – Einen Nagel, der einem den Pneu zerrissen hat, muß man ins Armaturenbrett schlagen, danach fängt man nie wieder einen. – An diese alte Chauffeurregel glaubte sie fest wie an alles, woran sie glaubte. Nichts, auch die sechs Nägel nach dem ersten nicht, konnten sie davon abbringen.

Jetzt kam eine kleine Kurve. Die Sonnenstrahlen glitten glitzernd in den kleinen Spiegel vor der Schutzscheibe. »Verdammte Sonne«, sagte Lena und kniff ihre Augen zu einem Spalt. Sie fühlte, daß das Mädchen neben ihr sie beneidete. Sie fühlte ganz stark, wie richtig das war und wie sehr in der

Ordnung. Sie, Lena, war charmant, besaß den schönsten Wagen der Welt und hatte Glück bei allen Menschen.

»Dieser Leysin liebt mich wahnsinnig«, sagte sie und nahm mit dieser Behauptung etwas vorweg, was später vermutlich wahr werden würde.

»Das merkt man, das ist ja auch ganz natürlich«, sagte das Mädchen und meinte mit dem Kompliment mehr den Wagen als die Frau, die ihn fuhr. – Plötzlich gab es einen geringen Ruck in der Steuerung. Lena hatte das Gefühl, als werde sie sanft in die Höhe geschoben. Irgendeine Hand hielt das Lenkrad fest und war stärker als sie.

»Jetzt fahren wir in den Graben«, sagte sie. Der Stoß, den sie danach erhielt, war so, daß ihr Gesicht auf das Klaxon haute. Es brüllte mit seinem mißtönenden Akkord wie ein angeschossenes Pferd. Wie langsam das geht, dachte Lena, als der Wagen hinten in die Höhe stieg, schwankte und sich das Bild vor ihr drehte. Aber dann lächelte sie die Straße an, die völlig idiotisch sich an sie herandrängte und sich um ihre Rippen legte. Irgend etwas krachte. Eine Mädchenstimme stöhnte. Dann dröhnte etwas, aber so rhythmisch, daß Lena mit der Zeit ihr eigenes Herz erkannte. Was sie sah, war momentelang in einem winzigen Spiegelscherben ihr eigenes Auge. Sie machte es zu. Sie wollte die Ohren auch zu haben, denn über ihr sausten noch die Räder wie Windmühlenflügel, aber ihre Hände waren nicht zu finden. Dumm, sich nicht rühren zu können. Aber Leysin würde gleich da sein und ihr helfen. Er würde sie nun, ohne irgendeinen Übergang, in die Arme schließen können. Er war so stark. Es würde wunderbar sein, wenn er ihr half. Er war so stark. Seine Arme drückten, sie preßten ihren Körper zusammen, daß es weh tat.

»Laß los«, bat sie, aber so leise, daß sie es selbst nicht hörte. Ach sie hatte ja die Ohren zu. Sie fror am linken Knie, da war etwas feucht und kalt. Ich bin nackt, dachte sie, er darf mich nicht nackt malen.

»Ich möchte fort«, bat sie, aber sie war ja schon fort. Sie lief mit nackten Füßen am Strand auf ihr neues Haus zu. Das Meer lief plötzlich am Strand hinauf und auf ihre Beine. Sie lachte zum Meer hin. Es schmeckte heute blutig, wenn der Wind es an ihre Lippen führte. Ihr Haus öffnete beide Türen vor ihr. Aus einer flog eine weiße Gardine. Davor stand ein buntes Pferd aus Glas, so groß wie ein Mensch. Es leuchtete nicht mehr und wurde braun und stumpf.

Vor ihr stand ein Mensch und hatte ein Gesicht und Hände, die er rang. Der Mensch bewegte den Mund und er sprach, aber er sprach garnicht. Kein Wort war zu hören. Albern war das. Das Meer rauschte zu laut. Die Räder, die sich über ihr drehten, rauschten zu laut. Ihr Herz war zu laut. Das Blut war zu laut. Plötzlich ging das Rauschen in die Ferne. Sie hörte. Jemand sagte immerzu:

»Haben Sie sich weh getan? So reden Sie doch. Haben Sie sich etwas getan? Mein Gott, Lena. Kleine Lena, haben Sie sich weh getan? Tut es weh?«

Dieser Mensch da, dachte Lena, soll mich in Ruhe lassen, vollkommen in Ruhe. Ich kenne ihn ja garnicht. Es ist Leysin. Wie kommt der denn hierher. Er soll seinen Mund halten, er soll seine Arme von meiner Brust nehmen. Er drückt so wahnsinnig. Plötzlich sah sie, daß der Mann ziemlich weit weg stand und seine Arme bei sich hatte. Darüber mußte sie lachen. »Kann ich Ihnen helfen?« sagte der Mann und rührte sich nicht von seinem Fleck. »Soll ich herüberkommen und Sie herausziehen«, aber er stand still. Sie lachte ja, diese Frau, völlig wahnsinnig. Sie lag unter ihrem zerschmetterten Wagen, von dem ein Rad sich in der Luft weiter drehte und lachte. Dem Mann war garnicht gut. Er hatte das Klaxon gehört, das wie ein Hilfruf klang und hatte umgedreht. Er hatte etwas gesehen, was ihn erschreckte.

Ein Autounfall.

Zwei Verletzte.

Zwei kaputte Frauen und ein kaputter Wagen. Das Gesicht der einen war nirgends und Lena lag so verbogen, wie noch nie jemand gelegen hatte, zwischen Blech und Glas und Holz und Stahl und lachte.

Ihm war nicht gut, dem Mann.

Ihm lief der Speichel aus dem Mund. An seinen Füßen, die er nicht aufheben konnte, klebte ein ganzes Feld. Dann sah er, wie da vorne an der verbogenen Blechklappe eine Flamme herumspielte. Sie war niedlich und harmlos, eine kleine, fast farblose Flamme, die, ohne zu rauchen, in die Höhe hüpfte und manchmal vollkommen verschwand. »Jetzt gehe ich hin und lege meinen Mantel auf das Flämmchen«, dachte der Mann und sah, wie er hinging und seinen Mantel auf das Flämmchen legte. Aber er ging nicht. Er stand bis zu den Fußgelenken in der Erde, die so schwer war wie sehr viel Blei. Er wuchs nach unten. Er hatte viel Sympathie für den Mann, der das Flämmchen löschte. Aber ihm war garnicht gut. Er war nicht der Mann. Der Mann war nirgends. Aber er hätte recht gehabt, er konnte viel Schlimmes verhüten, der Mann mit dem Mantel, der nie, nie von den Schultern rutschen würde. Der Mann stand da und sah, wie unter den verbogenen Stangen eine Steinplatte am Boden lag. Aha, er begriff. Er war derjenige, der die Zusammenhänge verstand. Das Auto war in den Graben gerutscht, warum wußte er nicht, und statt im Graben sich in die weiche Erde zu fressen und so anzuhalten, hatten seine Vorderräder in die Steinplatte gebissen, die wie eine Brücke über dem Graben lag. Dabei war ein Rad abgesprungen und war aufs Feld gerollt. Da hinten lag es, er konnte es deutlich sehen. Und dann hatte der Wagen sich hinten in die Höhe gehoben und hatte sich umgelegt und hatte sich ganz zerbrochen und verbogen. Und hatte sich auf zwei Frauen gelegt. Eine war weg. Oder war das ihr Bein unter dem Polster, das seine Füllung gespuckt hatte. Die andere lachte. Ihr Mund war hübsch und rund. Er war jetzt schon lange so offen und die Augen auch. Sie sahen den Mann an und bewegten sich nicht.

Er sah alles deutlich und genau. Er war nicht derjenige, vor dem sich die Dinge verbargen, die zu sehen waren. Er war garnicht verrückt und das einzig Dumme war, daß er hier an der Stelle festgefroren war. Er sah auch, daß die Steinplatte naß war und immer mehr naß wurde. Um die Wahrheit zu sagen, war da schon ein kleiner See aus Benzin. Die Luft roch schon danach. Gut daß die niedliche kleine Flamme nicht besonders nah war bei dem kleinen See und daß Sand dazwischen war, in den die Feuchtigkeit sickern konnte. Der Mann begriff das gut, sonst wäre ja alles verloren gewesen. Jetzt mußte jemand kommen, der stark war und gehen konnte, mit beiden Füßen, nicht so einer, der sich nicht bewegen konnte. Der würde dann seinen Mantel ausziehen und ihn über die kleine Flamme legen und dann war alles gut. Der Mann seufzte. Herunter von den Schultern. Er könnte den Mantel auch werfen. Bitte sehr, ein gutes, schweres Stück, dieser Mantel, es kam ja nicht darauf an. Oh, das macht garnichts. Nehmen Sie ihn nur bitte, verhüten Sie Unheil. Komisches schnatterndes Geräusch. Ach, das waren die Zähne des Mannes, die klapperten. Aha, der Mann hatte also offensichtlich Angst. Der Mann war wohl ein Feigling.

»Pfui, Leysin, schämen Sie sich, Herr Leysin«, sagte Herr Leysin und dann ging er über die Stoppeln dahin, wo das Rad lag. Komisch, er konnte doch nicht gehen. Er stand doch noch da und war angewachsen. Er konnte sich doch nicht rühren. Er war doch bei dem Haufen verbogener Sachen, der einmal ein Auto war und zog eine Frau heraus. Er nahm doch eine sehr süße Frau in die Arme, eine Frau, der er auf die Tränen küssen wollte und die dazu lachte. War er nicht der Mann, der das tat? Nein, es war anzunehmen, daß er der Mann war, der jetzt hier mitten auf dem Feld stand und einen Hufnagel aus dem Pneu zog, der ziemlich weit weg gerollt war. Ein Mann, der aufheulte wie ein Hund, weil hinter einer kleinen Böschung, die er überklettert hatte, plötzlich eine Flamme emporstieg, klar und hoch und unabänderlich ruhig, die wie eine Fahne in den Himmel stand.

Ein Mann lag auf dem Feld und hatte den Mund voller Erde. Er hatte sich auf den Knien tief hineingewühlt in die feuchte Erde, er hatte den Kopf herunter getan und gebissen. Er hatte Tränen, die ihm über das Gesicht liefen und einen kleinen Nagel in der Hand. Er hatte einen Erdklumpen wie ein Kopfkissen am Ohr und wollte schlafen. Er wollte nichts wissen, er wollte nichts sehen. Er wollte um alles in der Welt hierbleiben und schlafen, aber er konnte nicht ändern, daß er über die Erde hinkroch auf allen Vieren, mit vorgestrecktem Kopf und einem Mund, der schluchzte.

Von dem, was er nicht sehen wollte, war garnicht mehr viel da. Rotglühendes Gestänge, Gestank in der Luft, Rauch. Etwas Knistern, schwarzer Sand, kleiner Rauch. Und sich langsam drehend und kühler werdend das, was ehemals ein Rad war, schwarz und rot und funkelnd, eine Platte an einem Bolzen.

Lenas Begräbnis war auf dem Friedhof Mont-Parnasse, ziemlich unter ihren Fenstern. In der Urne, die früher in ihrem Atelier gestanden hatte, war, was von ihr übrig war: Etwas Sand, Asche, verbranntes Leder, ein kleiner schwarzer Scherben, ein Hufnagel.

Der Hausdiener Maurice ging gern zu einem Begräbnis. Er hatte sich seinen guten Anzug angezogen und schluchzte laut in ein frisch gewaschenes Taschentuch. »So eine gute Dame«, murmelte er und schüttelte den Kopf, »so eine gute Dame«. Er hatte sich lange und schönklingende Sätze ausgedacht, aber er kam nicht einmal dazu, sie Joseph zu sagen. Das Gesicht von Herrn Joseph war so merkwürdig eisig. Neben ihm stand Daußе, der die Augen geschlossen hielt. Niemand, außer Maurice, weinte. Die jungen Burschen, die Lena so sehr geliebt hatten, standen linkisch da und schämten sich. So eine bürgerliche Zeremonie, peinlich. Begräbnis, das war doch nicht Lena, ihre Lena, die da in den Sand geschippt werden sollte. Unangenehm. Und der nette blasse Junge konnte doch keinesfalls Lenas Bankier sein. Der war doch fett und mächtig und scheußlich. Peinlich, Begräbnis. Sie würden sich noch viele Abende lang besaufen und an Lena denken. Sie würden sie loben und Reden auf sie halten, sie würden ihren Charme und ihren Elan loben und sagen, daß sie zu ihnen gehört habe. So ein Begräbnis nahm ihnen ihre Lena mehr weg als das brennende Auto, das in ihren Gedanken wie eine Apotheose um sie flammte. Das hier hatte mit

Lena nichts zu tun. Die Burschen standen da, hielten ihre kleinen Freundinnen an den Schultern und schauten umher. Da stand, nahe an den Kränzen auf dem feuchten Boden, eine ganz besonders häßliche alte Dame. Sie fürchteten, daß sie Lenas Mutter sei und hatten recht. Rechts und links von ihr standen zwei Frauen mit bösen Gesichtern. Die Schwestern. Sie waren rot im Gesicht und bissen sich auf die Lippen. Sie waren wütend und unzufrieden.

Gestern hatten sie sich gerade um Lenas Kleider gerauft im Atelier, als Joseph hereinkam. Das war ihnen jetzt peinlich. Joseph kam in ein Atelier, das ihm fremd war und noch von Lena berichten sollte. Da war es fast schon leer. Er traf zwei Frauen, die er nie vorher gesehen hatte. Das erste, was er von ihnen hörte, war die Frage, wo Lena denn ihr Geld gehabt hatte. Sie seien die Erben. Dabei hielt die älteste der Frauen ein zartes Glaspferd in der geschlossenen Hand und ärgerte sich, daß es nicht aus Gold war.

In dem kleinen Schlafzimmerchen lag ein junger Mann auf den Knien und wühlte seinen Kopf in das Bett.

»Ich bin schuld, Lena, verzeih mir«, brüllte er heulend und schlug seinen Kopf immer wieder herunter. Er bemerkte Joseph, der ihm kühl zusah und riß sich zusammen. Er stand auf sagte, während er sein Gesicht abrieb: »Ich bin Lasere.« »Guten Tag«, sagte Joseph höflich und ging heraus. Ihm war das gleich. Ihm war das alles schon ganz gleich. Man fährt nicht nach einem ungeheuren Chok stundenlang Eisenbahn und weint die ganze Zeit, um zu erfahren, daß die, um die man weinte, in langen Jahren eine Unbekannte gewesen war.

Die Überraschungen, die Lena für nach ihrem Tode aufbewahrt hatte, entbehrten ihren Charme. Warum gab es junge Männer, die in seiner Gegenwart zu weinen wagten, statt ihn zu bedauern. Was hatten sie denn verloren? Joseph war überhaupt müde. Er wollte schlafen gehen unter den kleinen gezeichneten Vogel an der Decke und nichts mehr erfahren. Er wollte nicht zuhören, wie Lasere ihm schluchzend erzählte, daß, wenn er sich mit Lena nicht gestritten hätte, nichts passiert wäre. Daß dieser Unfall ganz unnötig gewesen sei, wenn jemand dabei gewesen wäre, der etwas von Motoren gewußt hätte.

»Es ist meine Schuld, verzeihen Sie mir«, sagte Lasere, und Joseph wandte sich um und wollte nicht begreifen, daß dieser fremde junge Mann irgend etwas zu tun habe mit Lenas Leben oder Lenas Tod.

Jetzt stand er hier auf dem feuchten Sand an einem Grabe mit lauter fremden Leuten. Er begriff den Zusammenhang nicht oder wollte ihn nicht begreifen.

Er schloß Lena und alles, was er von ihr wußte und woran er von ihr dachte und was er an ihr liebte, gleichsam in eine Kapsel. Dies hier sollte nicht an ihn heran. Ich werde denken, nahm er sich vor, daß dies alles ein Geschäft ist, welches ich zu erledigen habe und nichts weiter. Vielleicht sogar weniger.

Als es vorüber war, drückte man sich gegenseitig die Hand. Maurice ließ einen Strauß wächserner Blumen los, den er in der Hand gehabt hatte. Wächserne gelbe Rosen fielen aus der mit braunem Glacé bekleideten Hand klatschend in die Tiefe. Dann machte er eine fast korrekte Verbeugung vor der häßlichen alten Dame und ging aufrecht und in der Nase hochziehend fort. Er war unzufrieden. Es war nicht feierlich genug gewesen für seinen Geschmack.

Ein sehr hübscher junger Mann mit einem roten Hemd ging auf Joseph zu, gab ihm nicht die Hand, sah ihm beiläufig und schief auf die Schulter und sagte:

»Ich bin Aragon. Sie tun mir verdammt leid.«

Dann drehte er sich herum, sah der alten Dame aufmerksam ins Gesicht ohne zu grüßen und ging pfeifend zwischen den Gräberreihen davon. Louchard zog seine großen frierenden Hände aus den Hosentaschen, sah sich blinzelnd alle Anwesenden an und steckte dann kurz seufzend die Hände wieder in die Taschen zurück. Die anderen Burschen und ihre Freundinnen standen ruhig weiter da und man sah ihnen die höfliche Bereitschaft an, alles zu tun, was von ihnen verlangt werde. Bitte. Sie wußten nur nicht was. Eine der Schwestern hatte Erde ergriffen, um sie ins Grab zu werfen. Dann hatte sie sich nervös ins Gesicht gefaßt. Sie stand jetzt aufrecht mit einem großen Schmutzstreifen über der

Backe. Als niemand mehr zu der alten Dame ging, setzte diese sich selbst in Bewegung. Sie stolperte über einen Asternkranz, faßte sich aber sofort und stellte sich vor die Burschen hin, die eng beieinander in Gruppen standen und die Köpfe senkten. Sie wurden rot unter den strengen Blicken der alten Dame, aber noch rührten sie sich nicht.

Nun muß man wissen, daß unter diesen Burschen vierzehn malten, fünf bildhauerten und die anderen photographierten oder schriftstellerten. Nur Dauße hatte einen richtigen Beruf. Die alte Dame, die keinen von allen kannte, ging mit sicherem Instinkt auf ihn zu. Dabei schob sie achtlos, ohne sie anzuschauen, diejenigen zurück, die bis jetzt zwischen ihr und Dauße gestanden hatten. Sie streckte ihm pathetisch beide Hände entgegen, blickte zu ihm hinauf und sagte mit einem Zittern in der Stimme in ihrer schlechten, harten französischen Aussprache:

»Mein Herr, Sie sind doch sicher Künstler. Bei Ihnen bestelle ich das Bildnis meiner geliebten Tochter.« Dann wandte sie sich langsam und königlich zum Gehen. Und der erbleichte Dauße hörte noch, wie sie murmelte: »Über den Preis werden wir uns dann später einig.«

Am Pariser Platz gibt es eine kleine reizende Wohnung, die der Dichter seit vielen Jahren immer, wenn er für kurze Zeit in Berlin war, bewohnte. Er saß dann für gewöhnlich in dem mittleren Raum auf dem Sofa am Fenster, trank viel Kaffee, den er sich selber bereitete und schien nichts weiter zu tun, als darauf zu warten, daß irgend jemand hereinschaute. Freunde aus aller Welt, aus der Stadt junge, hübsche Mädchen, die seine Freundinnen waren oder werden wollten, Frauen, die Rat brauchten oder eine Stunde Unterhaltung zwischen zwei Verabredungen, Politiker, Schriftsteller, Männer der Wirtschaft, die an seiner Meinung von der Welt die ihre regulierten. Der Dichter schien für alle Zeit und für sich selbst kaum welche nötig zu haben. Er saß da, hilfsbereit, klug oft sogar bis zur Weisheit und füllte dieses Durchgangszimmer mit einer Ruhe, die ewig schien, obwohl sie nur Minuten bestand, solange eben jemand bei ihm war.

Er hatte, als Joseph ihm Lenas Tod telefonierte, auf seinem Sofa gesessen und sich tief erschrocken gewundert, ob ihn diese Nachricht wenig träfe oder ob daraus ein Kummer werden könnte, der ihn ausfüllen würde. Er wußte, ein seltener Fall in seinem Leben, nichts zu sagen, als eben das Konventionelle: »Wie unerhört gut, daß Sie gleich hinfahren.«

Die Tatsache, daß Joseph ihm, als einzigen, davon berichtete, nahm er als selbstverständlich, obwohl ihn mit dem jungen Menschen wenig verband, außer eben Lena, die er von ferne meist betrachtete. Manchmal wie eine mechanische Figur aus seiner Werkstatt, manchmal wie ein Kind aus seinen Gliedern und Ideen, eine Erfindung, ein Geschöpf, das ihm auf jeden Fall vor aller Welt gehört hatte.

Daß dieses Gefühl auch vor anderen berechtigt war, erwies der erste Besuch, den er an diesem Tag empfing: Cerni. Der hatte nicht einen Moment an seine Frau gedacht und an sein augenblickliches Leben, nur an Lena und seine vergangene Liebe zu ihr. Er ging an den einzigen Ort, der ihm geeignet schien, Lena zu beweinen. Er saß dem Dichter gegenüber an dem ovalen Tisch und weinte erschüttert. Der Dichter brach seine angefangenen Sätze angesichts dieser Tränen immer wieder ab mit einem gewissen Neid auf solches Weinen, das besser als Worte sprach. Es war nicht ganz klar, ob er trösten oder selbst getröstet werden wollte, aber als nun noch Mar kam, entschloß er sich, seinen Verlust als den unwiederbringlich schlimmsten darzustellen. – »Ich habe«, sagte Mar naiv, »Lena nur kurze Zeit besessen, aber sie hat mich mehr als alle anderen geliebt, es war die schönste Zeit meines Lebens.«

»Es ist nicht Lenas Schuld, wenn Ihnen jetzt nicht gelingt, ein wunderbares Leben zu haben«, sagte Cerni feindlich. Der Dichter saß da mit einem traurig überlegenen Gesicht.

Was wißt denn ihr von Lena, dachte er. Laut sagte er: »Ihre beste Zeit kannten Sie beide nicht. Das war, als sie frisch und ganz neu hier in Berlin auftauchte und als ich vorsichtig begann, das aus ihr zu machen, was sie Ihnen später war.«

»Oh, Sie waren ja nie mit ihr verheiratet«, sagten die beiden Männer gleichzeitig mit höflichem Triumph.

»Sie nicht zu heiraten war viel wichtiger. Zu mir kam sie, wenn sie ihre Ehe begann oder endete. Zu mir kam sie, wenn sie Rat wollte, Zuspruch, Hilfe oder Lob. Bevor sie nach Paris ging, erinnere ich mich, bat sie mich in München, ihr einen Pelzmantel zu kaufen.« Damit nahm er Lenas ersten und zweite schöne Jugend für sich in Anspruch, ohne den beiden etwas anderes zu lassen als eine unwichtige Zeit dazwischen.

»Im Anfang war sie wild wie ein Mädchen, das aus dem Urwald plötzlich in eine Stadt kommt. Ihr Reiz war rein animalisch. Ich hatte ihr hier in der Wohnung eine Schaukel anbringen lassen, daran turnte sie behend wie ein Affe. Ihre Haut war trocken und tatsächlich einige Grad wärmer als die gewöhnlicher Menschen. Ich mußte ihr beibringen zu essen, sie fraß zum Beispiel ein Huhn wie ein kleiner Hund. Sie brachte ihr Gesicht ganz nah an den Tisch und benutzte weder Messer noch Gabel. Reizend war sie. Ihr Gesicht war so gierig und konzentriert, sie hörte nie zu, wenn man beim Essen zu ihr sprach. Später war sie nie mehr so hübsch. Ich erwartete allerdings damals, daß ihr noch kindliches Gesicht einmal schön werde, aber nicht die Form, die Jugend war aller Charme darin. Damals sagte sie wenig, aber sie spielte gern. In St. Moritz, wohin ich sie einmal mitnahm, spielte sie stundenlang Diabolo auf dem Korridor. Statt Ski zu laufen, wie es dort alle Leute tun, saß sie nackt auf ihrem Balkon in der Sonne und bürstete ihre Haare über den Lockenstock. Ihre Versunkenheit und ihre

Grazie dabei konnten mich wahnsinnig machen.«

Der Dichter merkte garnicht, daß ihm niemand mehr zuhörte. Cerni dachte an seine Lena, was interessierte ihn diese Person, von der der Dichter sprach. Mar hatte, weil er die Tränen mit Gewalt zurückdrängte, Kopfschmerzen, die ihn rasend machten und ihn nichts anderes denken ließen. Der Dichter sprach weiter. Mit hellem Entzücken berichtete er, wie Lena mit anderen Frauen war.

»Mit Frauen war Lena damals seltsam. Eigentlich konnte sie keine Frau leiden und wußte nicht, wie sie mit ihnen umgehen sollte. Für gewöhnlich behandelte sie Frauen wie Spielzeug oder wie ganz junge Kinder, obwohl keine, auch die hübscheste nicht, jünger sein konnte als sie selber. Sie stellte sich nackt mit ihnen zusammen vor den Spiegel und verglich. Immer fand sie sich selber tausendmal schöner. Ihre Brüste begannen gerade sich zu entwickeln. Einmal besaß sie ein paar Knöpfstiefel, die sie so hübsch fand, daß sie sie nie auszog. Sie schlief sogar damit. Nackt lag sie im Bett mit den kleinen Stiefelchen an den Füßen.«

Cerni hatte ein Wort aufgefangen, das seine Erinnerung plötzlich konzentrierte.

»Sonderbar«, sagte er mit einer Stimme, die den Tonfall des Dichters so fortführte, daß Mar gar nicht merkte, daß jemand anders sprach, »merkwürdig, ich habe Lena nie nackend sehen dürfen. Sie war so schamhaft, daß sie die Tür abschloß, wenn sie sich ankleidete. Dabei war ihre Haut, die ich im Dunkeln streichelte, so schön, daß sie mich zu Tränen erschütterte. Ich träumte, nachdem sie mir davongelaufen war, noch jede Nacht davon. Sogar jetzt passiert mir das manchmal. Dabei war sie sonst vollkommen zivilisiert und damenhaft. Und kindlich nur, wenn sie weinte. Was sie sagte, war meistens von einer Reife und Durchdachtheit, die mich immer wieder überraschte. Sie wußte zum Beispiel über das Theater und seine geheimnisvollen Funktionen mehr als die meisten. Ebenso ging es ihr mit Büchern und Musik. Weiß der Himmel, woher sie das hatte.«

Von mir, dachte der Dichter und war bewegt und dankbar, sich und seinen Einfluß hier in der Erzählung deutlich wiederzufinden. »Ich habe gefunden«, sagte er, »daß niemand so spielend leicht begriff, wie Lena. Ich glaube, daß sie ihre Sätze schon formulierte, bevor sie zusammenhängend denken konnte. Einmal fragte ich sie nach ihrer ersten Reise: Was hat dir in Italien am besten gefallen. Ein Junge habe Ihr am besten gefallen, sagte sie, ein schöner junger Mensch, der auf einem Fahrrad saß und Brote austrug und dabei die Okarina lernte. Daß er sich bemühte, während er seinem Berufe nachging, etwas zu erarbeiten, was keinen Nutzen trug. Daß er das Instrument nicht beherrsche, also nicht zum Vergnügen darauf blase. Das war eine Bewertung, die damals genau die spezifischen Eigenschaften der jungen Italiener traf. Als ich Lena so viele Jahre später in Paris sah, konnte sie alles, was sie wollte, auf französisch sagen. Das war fabelhaft.«

»Sie hat«, sagte Mar jetzt langsam und als berichte er etwas, was ihm verwunderlicherweise erst jetzt als bedeutsam auffiel, »so lange ich sie kannte, nie ein Buch angerührt.«

Er dachte minutenlang nach, was es eigentlich gewesen sei, das ihn an Lena so unerhört gefesselt hat: »Sie war so moralisch, daß sie mir drei Tage lang Szenen machte, weil ich bei einem Kostümfest einer anderen Frau aus einem Glase zutrank, das sie vorher selbst am Mund gehabt hatte.«

»Sie erzählte mir«, sagte der Dichter, »als sie mir mit dem Prinzen durchgegangen war, nach ihrer Rückkehr jedes, auch das kleinste Detail.«

»Lena hat einmal tagelang nicht mit mir gesprochen, weil ich den Gruß einer Frau erwiderte, von der man wußte, daß sie ihren Mann betrog. Nie würde sie das tun, sagte sie.«

Cerni berichtete das und merkte plötzlich, daß jeder von ihnen von einer anderen Person sprach.

»Wie schön ihr Mund war«, sagte er verträumt.

»Ich fand ihre Stirn viel schöner«, sagte Mar.

Der Dichter schwieg, aber er dachte daran, daß er bei keiner Frau einen so verwegenen Schwung der Hüften gesehen hatte.

»Ich habe Lena nie erlaubt, ein Auto zu fahren«, sagte der Dichter jetzt und diese Bemerkung schien den anderen so entsetzlich bedeutsam, daß sie schwiegen. Sie fühlten beide mit einemmal, daß Lena unbedingt bei diesem Mann hätte bleiben müssen, bei dem sie behütet war und beschützt und richtig geleitet. Cerni dachte verzweifelt an die

Unwichtigkeit seiner Liebe zu Lena. Jeder Liebe.

Nichts war wichtig, als eine geliebte Frau vor dem zu schützen, was ihr gefährlich war.

»Wie süß sie tanzte«, sagte der Dichter und meinte damit keine Kritik ihres Tanzens, sondern die Süße seiner eigenen Liebe zu ihr.

»Ich habe«, sagte Mar »sie nie tanzen gesehen und die Leute behaupteten, sie sei ohne jedes Talent.« Und als fiele ihm erst jetzt ein, daß er von einer Toten sprach, riß er sein Taschentuch heraus und weinte wie ein Kind. Er weinte so laut.

»Sie ist tot«, stammelte er. »Lena ist tot.«

Cerni schämte sich plötzlich, als sei er verantwortlich für den Schmerz dieses Menschen. Es blieb ihm nichts übrig, als ihn zu trösten. Er streichelte ihm den Kopf, die Haare, die Schultern: »Weinen Sie nicht so. Es ist unerträglich, das anzuhören.«

»lch halte es aber nicht aus, schluchzte Mar sah verzweifelt auf. »Warum hat denn in Paris niemand auf sie acht gegeben.« Die anderen waren blaß.

Keiner hatte auf Lena acht gegeben.

Mar ging fort wie im Traum. Still und fast ohne ein Wort zu sagen. Und erst, als er die anderen beiden Männer verlassen hatte, fühlte er genau, was Lena für ihn bedeutete: etwas, was ihm fehlen würde jetzt jeden Tag, ein ganzes Leben lang.

»Dieser junge Mensch«, sagte der Dichter, als er mit Cerni allein war, »hat jetzt Lena sicher sieben Jahre nicht gesehen und wahrscheinlich kaum je an sie gedacht.«

»Hat sie ihn eigentlich damals geliebt?« fragte Cerni jetzt.

»Er sah bezaubernd aus, damals. Lena hat natürlich ihn, wie jeden anderen einmal, irgendwann einmal wahnsinnig geliebt. Sie fand jedenfalls, daß er einen vorzüglichen Hintergrund für sie abgab: Da Männer ja für gewöhnlich weniger schön sind als ihre Frauen, glaubte Lena schöner zu werden dadurch, daß sie einen schönen Mann besaß.«

»Es war völlig gleichgültig«, sagte Cerni kühl, »wie Lena aussah. Das liebte man nicht an ihr, was gut aussah, nicht.«

»Ich fand es doch sehr wichtig, ich sorgte so oft ich konnte dafür.« Der Dichter schwieg plötzlich. Als hätte ihm jemand das Wort entzogen. Es war läppisch, sich über die kleinen Eigenheiten dieser Frau zu zanken mit jemandem, der sie wahrscheinlich nie richtig begriffen hatte.

In einem Moment wie diesem.

Denn Lena war ja anwesend. Sie war so sehr da, wie fast nie in ihrer kraftvollsten und gespanntesten Jugend. Jetzt wo sie tot war.

Sie lag hier in diesem Raum, durch den sie so hundertmal gegangen war, aufgebahrt auf dem Schmerz zweier Männer, wie auf einem Altar. Ihre Locken lagen sorglich gedreht zu beiden Seiten ihres Gesichtes, das bleich aber lieblich war. An ihren Füßen, die in Knöpfstiefelchen steckten, brannten sechs hohe Kerzen. Das Feuer und der Sturz hatten ihr nichts anhaben können. Sie war ganz, nirgends zerbrochen, und vollkommen.

Nichts hatte ihr jemals etwas anhaben können, also warum dieses. Er würde über diese Frau nie mehr etwas sagen. Er behielt sie so, wie sie jetzt hier lag, hilflos und überlegen, aber er würde seinen Mund nicht mehr auftun.

Er sah, wie die kleine gezackte Ader an der Schläfe der Frau deutlich pulsierte.

Natürlich.

Genügte denn der Tod, um ein lebendiges Herz stillstehen zu lassen. Er sah, wie über die bleichen Wangen eine zarte Röte glitt. Er sah ihr derbes Kleid aus rauher Wolle.

Natürlich. Selbst zum Sterben hatte Lena nicht gewußt, was man anzieht.

Plötzlich zerfloß das Sterbelager und eine andere Lena saß nackt, mit ernstem Gesicht auf seinem Schreibtisch, wie ein Kobold zwischen den Lampen. Er nickte ihr ruhig zu, da verschwand sie von da, stand auf gereckten Zehen in der Mitte des Raumes und spielte Diabolo.

Nicht spielen, dachte er, du bist ja tot.

Warm und bewegt setzte sich die tote Lena auf sein Knie, aber was er da hielt, war leichter als die Luft um ihn herum. Er sah mit starren Augen, wie plötzlich diese wunderbare Form zerbrach, zerfloß, verschwand.

»Gehen Sie fort, Cerni«, bat er eilig. Cerni stand auf mit einer Steife in den Gliedern, als habe er jahrelang auf demselben Fleck verharrt. Der Regen schlug an die Fenster. Cerni hatte wenig Lust, diesen Tag zu Ende zu bringen. Er hatte wenig Lust, zu seiner Frau zurückzukehren und zu seinem Leben. Er war müde und leer. Sogar der Schmerz hatte aufgehört.

Was hatte er hier eigentlich gewollt.

Er gab dem Dichter die Hand und sagte im konventionellen Tonfall:

»Ich könnte es kaum aushalten, wenn ich nicht eins wüßte: daß ich vielleicht, sogar wahrscheinlich, die Hauptsache war in Lenas Leben. Mich hat sie geliebt.«

Der Dichter sah ihn erstaunt an.

Welch ein Wahnsinn, dachte er, dieser fremde Bursche und Lena. Aber er sagte nichts und Cerni ging heraus. Er zog die eine Schulter hoch. Es hatte wohl schief geklungen, was er da gesagt hatte, aber es stimmte doch.

Als der Dichter zu seinem Platz zurückging, saß eine bleiche Lena schon da. Sie trug ein seidenes Kleid und Handschuhe, darum nahm er ihre Hände nicht, als er jetzt sagte, leise und wie zu sich selbst: »Nur mich hast du geliebt, kleine Lena.«

»Nur dich, sei ruhig«, flüsterte die schattenhafte Stimme. »Nur dich allein.«

FINIS

Nachwort

Das Buch war bereits gesetzt – die zweiundvierzig Druckfahnen des Rowohlt-Verlages datieren vom 15. und vom 20. März 1933. Die Fahnen haben ihre Autorin in Paris erreicht, wo sich Ruth Landshoff-Yorck seit Ende 1932 überwiegend aufhielt. Sie las sorgfältig Korrektur. Aber dabei blieb es: Die Machtergreifung der Nationalsozialisten, auf die bereits im Mai 1933 die Bücherverbrennungen folgten, Zensur und erste Schwarze Listen machten eine Publikation des *Romans einer Tänzerin* unmöglich. Die Autorin bewahrte die Druckfahnen auf und nahm sie später mit in ihr amerikanisches Exil, wo sie sich in ihrem Nachlaß fanden. Erst mit fast sieben Jahrzehnten Verzögerung kann Ruth Landshoff-Yorcks *Roman einer Tänzerin* endlich erscheinen.

Die genauen Vorgänge um das Buch sind im einzelnen wohl nicht mehr zu rekonstruieren, weil das Rowohlt-Verlagsarchiv vernichtet ist. So ist nicht bekannt, ob Ruth Landshoff-Yorck überhaupt noch versucht hat, von Frankreich aus den von ihr sehr verehrten Ernst Rowohlt in Berlin zum baldigen Druck ihres Buches zu bewegen, oder ob vom Verlag gar eine förmliche Ablehnung ausgesprochen worden ist, was nicht unbedingt wahrscheinlich ist. Immerhin hatte Rowohlt Anfang 1933 noch den Band *Ermunterung zum Genuß* seines deutsch-jüdischen Autors Franz Hessel und die *Lyrische Novelle* von Annemarie Schwarzenbach, einer jungen Autorin aus dem Umkreis von Erika Mann, Klaus Mann und Ruth Landshoff-Yorck, herausgebracht. »Die Stimmung der Zeit«, schrieb dazu ein Rezensent am 14. Mai 1933 in der *Basler National-Zeitung*, »ist den hübschen kleinen Büchern, die der Rowohlt Verlag anbietet, nicht eben günstig.«[1]

Die Lage im nationalsozialistischen Deutschland machte das Erscheinen von Ruth Landshoff-Yorcks Romans unmöglich, der in der Tat ein alles andere als NS-konformes Weltbild vertrat: Im *Roman einer Tänzerin* sind Auffassungen über Liebe, Sexualität und über die Beziehungen zwischen den Geschlechtern entwickelt, die mit NS-Positionen unvereinbar waren. Dazu kam die jüdische Herkunft der Hauptfigur. Hier hat Ruth Landshoff-Yorck versucht, die entsprechenden Stellen und Hinweise für die mögliche Buchfassung zu ›entschärfen‹, indem sie in den Korrekturfahnen unter anderem das Attribut »jüdisch« und eine Frage, die die Protagonistin ihrem Onkel zum Pessach-Fest stellt, gestrichen hat. (Diese Änderungen sind in der editorischen Notiz auf den Seiten 156-157 verzeichnet.). Daß Ruth Landshoff-Yorck selbst aus einer jüdischen Familie stammte, ließ die Chancen einer Publikation ab 1933 weiter sinken. Die Druckfahnen des *Romans einer Tänzerin* wurden von ihr schließlich nicht mehr an den Verlag nach Berlin gesandt. So blieb ihr Debütroman *Die Vielen und der Eine*, der 1930 bei Rowohlt erschienen war, das einzige Buch, das sie vor 1933 veröffentlichen konnte.[2] Ihre literarische Laufbahn wurde nach verheißungsvollen Anfängen 1933 brutal abgeschnitten.

1.
Ruth Levy, geboren 1904 in Berlin, war die Tochter des Ingenieurs Eduard Levy und der Opernsängerin Else Landshoff, deren Namen sie in jungen Jahren annahm. Bis zu ihrer Emigration zeichnet sie ihre Texte mit Rut [!] Landshoff. Seit ihrer 1932 geschlossenen Ehe mit dem Bankier Graf Friedrich David Yorck von Wartenburg führte sie den Adelstitel, und im Exil war sie die Countess Ruth Yorck von Wartenburg, firmierte aber auch unter Ruth Yorck, Ruth L. Yorck oder Ruth Landshoff-Yorck. Unter diesem Doppelnamen erschienen auch 1963 ihr (1997 wieder aufgelegtes) Erinnerungsbuch *Klatsch, Ruhm und kleine Feuer*.[3]

Diese »autobiographischen Impressionen« erzählen bereits viel über ihr Leben – sie führen durch die literarische und künstlerische Prominenz der 20er bis 50er Jahre: Charlie Chaplin, Jean Cocteau, Carson McCullers, Robert Flaherty, André Gide, Yvette Guilbert, Oskar Kokoschka, John Hays Hammond, Harry Graf Kessler, Annette Kolb, Harald Kreutzberg, die Fürstin Polignac, Jean-Paul Sartre, Ernst Toller, Arturo Toscanini, Pawlik Tschelischtschew, Paul Valéry, Thornton Wilder, Orson Welles u.a.

Ruth Landshoff-Yorck war die Nichte des berühmten Verlagsgründers Samuel Fischer. Im Hause von »Onkel Sami« lernte sie frühzeitig die literarischen Größen der Zeit kennen – Gerhart Hauptmann, der »sehr lustig« und Thomas Mann, der »ausgesprochen pompös und unangenehm beim Krokett« gewesen sei; den Starkritiker Alfred Kerr und den Maler Max Liebermann, der ungestraft »berlinern durfte«, schließlich Hugo von Hofmannsthal, der »elegant« auftrat und nicht mitspielen wollte.[4] Sie stand bald in Kontakt auch mit der avantgardistischen Literaturszene in Berlin um die Zeitschriften *Die Aktion*, herausgegeben von Franz Pfemfert, und Herwarth Waldens *Sturm*. Sie nahm bei Reinhardt Schauspielunterricht, debütierte 1922 in Murnaus Vampirfilm *Nosferatu* und spielte 1927 in Wien gemeinsam mit Marlene Dietrich in Carl Sternheims *Schule von Uznach oder Neue Sachlichkeit*. Seit dieser Zeit datiert auch ihre Freundschaft zu Thea (»Mopsa«) Sternheim, mit der sie zeitweilig zusammenlebte.

Im Bohemeleben der 20er Jahre hinterließ sie markante Spuren – inmitten einer jungen, temporeichen, ›sachlichen‹ und durchaus privilegierten Generation, die sich in den wenigen Jahren relativer Stabilität, die der Weimarer Republik zwischen Inflation und Weltwirtschaftskrise vergönnt waren, auslebte, dabei alternative Lebensweisen entwarf, neue Geschlechterrollen erprobte, andere literarische Normen und Sichtweisen setzte. Ruth Landshoff-Yorck kokettierte mit dem Bubikopf, provozierte mit ihren männlichen Verkleidungen und mit demonstrativer Promiskuität, war Motor-

Rut(h) Landshoff am Steuer ihres Adler-Wagens (1927)

radfahrerin und Freundin luxuriöser Autos. Ihre erste nachweisbare Publikation, ein Feuilleton vom November 1927 in der *Dame*, dem Zeitgeistmagazin des Ullsteinverlages, trägt die Überschrift »Das Mädchen mit wenig PS« und zeigt auch eine großformatige Fotografie: »Die Schauspielerin Rut Landshoff am Steuer ihres Adler-Wagens«[5]. Übrigens hat der bedeutendste Avantgardefotograf der Weimarer Republik, Otto Umbehr, genannt UMBO, Ruth Landshoff-Yorck in diesen Jahren mehrfach porträtiert.[6] Klaus Mann notierte am 31.3.1932 in seinem Tagebuch:

> Geträumt, dass Ruth Landshoff feierlich hingerichtet würde – oder wegen unheilbarer Krank-

heit den Giftbecher trinken musste –, während ihr Grab daneben hergerichtet wurde. Ich stand ihr bei und sollte dann Sohni trösten.[7]

Sohni nannte Ruth Landshoff-Yorck jenen »Jungen«, der einen »historischen Namen trug«[8], wie sie leicht ironisch formulierte, nämlich David Yorck von Wartenburg, den sie 1930 heiratete. Sie hatte sich zuvor mit dem Musiker Francesco von Mendelssohn verlobt, dem sie in ihrem *Klatsch*-Buch das historien- und erinnerungsgesättigte Schlußgedicht »Die Weißtdunoch-Verse« widmete. Letztlich war es jedoch ihre Beziehung zu Karl Vollmoeller, die ihre Zeitgenossen am meisten irritierte. Sie selbst berichtet über die Begegnung mit Vollmoeller, der als »Peter« oder der »Dichter« in ihren Texten erscheint: »Als die Kinderzeit zu Ende war, hatten Eltern und Onkels aufgehört, die letzte Autorität zu sein. Peter übernahm die Leitung meines Lebens«, und: »Er war fast dreißig Jahre älter als ich, und ich war dabei, meine Vergangenheit zu erweitern und an seiner teilzuhaben.«[9]

Karl Vollmoeller hatte sich frühen Ruhm als George-Schüler erworben und war seit der Jahrhundertwende durch seine Theaterstücke, Übersetzungen, seine Zusammenarbeit mit Max Reinhardt und durch Filmdrehbücher, u.a. für den *Blauen Engel*, bekannt. In ihren Impressionen hat sie über ihn, der 1948 in der amerikanischen Emigration verstarb und dessen Nachlaß sie zeitweilig verwaltete, ein eigenes Kapitel mit der Überschrift »Das Geheimnis« verfaßt, das sie delikaterweise

»David Yorck«, ihrem zeitweiligen Ehemann, gewidmet hat.

Über diese frühen Jahre der Ruth Landshoff-Yorck vor dem Exil heißt es resümierend in einem Nachruf des New Yorker *Aufbau*:

> Sie war eine ungewöhnliche faszinierende Erscheinung. Im Berlin ihrer Jugendjahre ein Liebling der damaligen Edel-Boheme – schön, klug, unternehmend, vorurteilslos. Sie hatte sich ihr eignes Milieu geschaffen, das aus den Kreisen der Kunst, der Bühne, der jeunesse dorée, der Avantgarde aller Gebiete bestand, ohne jemals die Anhänglichkeit an ihre gutbürgerliche Abstammung zu verlieren. So wurde sie ein Mittelpunkt der Welt, die sich nicht langweilte.[10]

2.

In diesen turbulenten Jahren der späteren Weimarer Republik begann Ruth Landshoff-Yorcks literarische Karriere – und zwar, will man ihren eigenen Worten glauben, dank der eher zufälligen Bekanntschaft mit Kurt Korff, dem Leiter der Romanabteilung des Ullstein-Verlages: »Er hat mich erfunden, das heisst er hat mir den ersten Artikel fuer die Dame bestellt bevor ich je etwas ausser Liebesgedichten geschrieben hatte. Danach dann schrieb ich was mir einfiel oder was er muendlich bestellte schickte es an ihn ins Haus Ullstein. [...] Alles wurde irgendwo gedruckt.«[11]

Während sie ihre Gedichte dieser Jahre ausnahmslos in Privatdrucken veröffentlichte – 1929 das Bändchen *das wehrhafte mädchen. gedichte und zeichnungen für meine freunde*[12] –, hat sie bis 1933 weit mehr als fünf Dutzend Feuilletons, Erzählungen, Skizzen und Reiseberichte veröffentlicht. Sie sind vor allem in den Ullstein-Blättern *Tempo*, *Berliner Illustrirte Zeitung* und *Die Dame*, aber auch in der *Literarischen Welt* erschienen, Texte über das Autofahren wie der obengenannte Erstling, Reiseimpressionen aus Paris, Venedig oder Salzburg, Modeberichte, Kurzerzählungen.[13] Es sind ›schnelle Texte‹ einer ebenso ›schnell‹ lebenden Autorin vom Typ ›Neue Frau‹, die damit ihre ersten und erfolgreichen Schreiberfahrungen sammelt. Über ihren Debütroman von 1930, *Die Vielen und der Eine*, berichtet sie später:

> My first novel I wrote when I did not know at all whether I could write a book. You can imagine how proud I was when the many + the one was accepted immediately by our best publisher – E.[rnst] R.[owohlt]. The heroine, I suppose, was very much like I was in those happy days – carefree, and plucky – curious about life and in love with the world and the beauties of it.[14]

Der Roman um eine junge Berliner Reporterin, die Amerikareisende Louis Lou, spiegelt, so urteilte jüngst ein Kritiker, auf »faszinierende Weise die Biographie seiner Autorin und präsentiert sich als Amalgam aus ästhetischer Avantgarde und leidenschaftlich-leichter Unterhaltung, das in der durchgängig präsenten Existenzialität der Dinge und Ereignisse seinen eigenständigen Stil findet«.[15]

In einer zeitgenössischen Rezension heißt es:

> In dem Buch von Rut Landshoff *Die Vielen und der Eine* wimmelt es von amerikanischen Milliardären, reizenden Hunden, russischen Prinzen, Negern, Jazzsängern, netten jungen Männern und wunderschönen Frauen. Amerika, Paris, Berlin sind die Schauplätze dieses pseudo-genialischen Vagabundierens junger Leute, die viel Geld in der Tasche haben und darauf aus sind, etwas Originelles zu erleben, sei es einen Flirt oder einen Lustmord. Es fehlt auch nicht der nötige Zusatz von Sentimentalität, um das flott und leicht geschriebene Buch zu einer amüsanten Unterhaltung zu machen.[16]

Im Zusammenhang mit ihrem für die *Berliner Illustrirte* geschriebenen und unveröffentlicht gebliebenen Roman *Schatzsucher von Venedig*[17] sieht sich Ruth Landshoff-Yorck rückblickend sogar in Konkurrenz mit Vicki Baum, der erfolgreichsten Ullstein-Autorin, der Verfasserin von *Menschen im Hotel* und maßgeblichen literarischen Redakteurin der *Berliner Illustrirten*: Es »machte dann doch Spass, mit Vicky Baum zu konkurrieren«, erinnert sich Ruth Landshoff-Yorck.[18]

Ende 1932 ist im *Presseball-Almanach 1933* des Vereins Berliner Presse ein kurioser Text von Ruth Landshoff-Yorck erschienen: »Mein wunderbarer Liebling, ich sitze an Deinem großen Schreibtisch und habe gerade, während Bubi schläft, und auf dem Herd die Mohrrüben weich werden sollen, einen Augenblick Zeit, Dir zu schreiben«.[19] Erst bei der Unterzeichnung des Briefes, »Dein Ernst«, stellt sich heraus, daß es der Ehemann und Vater ist, der sich hier in Kindesaufzucht und Mohrrübenkochen übt und der darüber seiner vielbeschäftigten Frau, die wegen ernster beruflicher Geschäfte unter keinen Umständen gestört werden darf, Rechenschaft ablegt. Das ist ein kleines literarisches Soufflé und ein Kabinettstückchen in Sachen Rollenzuweisungen.

In dieser Zeit allgemeiner Depression und massiver politischer Unsicherheiten dürfte Ruth Landshoff-Yorck ihren Tänzerin-Roman bereits abgeschlossen haben. In einem Brief Ende Dezember 1932 schreibt »Mopsa« Sternheim aus Berlin:

> Denn selbst wenn es einem selber gutgeht wie mir momentan, ist der Anblick des restlos resignierten Elends rundherum doch schrecklich. Dabei spricht man dauernd von Überwindung der Krise, aber sehen tut man nichts davon. Ich finde, dass es besonders der Jugend hundsmiserabel geht, so Wesen wie Ruth Landshoff, die doch wenigstens einmal sehr viel Vitalität besass, sind ganz still und trostlos, u. befassen sich nur noch mit Haushaltungssorgen. Vor allem die Müdigkeit die Mutlosigkeit, die Hoffnungslosigkeit, dies Leben aus Routine von Tag zu Tag, das alle hier führen, ist so traurig anzusehen...[20]

Zu dieser Zeit, seit Ende 1932, lebte Ruth Landshoff-Yorck vor allem in Paris. Ihre letzte bisher bekannte Publikation in Deutschland vor 1945 stammt vom März 1933 und findet sich wiederum in der *Dame*.[21]

1937 emigrierte sie von Frankreich aus in die USA, nach New York. »Exiled Countess«, »She flees from Nazi Jew Drive«, »Countess writes here«, titelten die amerikanischen Boulevardblätter[22], als sie im März 1937 per Schiff New York erreichte und damit erstmals amerikanischen Boden betrat. Die langen Amerikapassagen ihres Romans *Die Vielen und der Eine* waren – freilich sehr gut recherchierte – Imagination.

In den USA engagierte sie sich mit Wort und Schrift gegen den Nationalsozialismus. Sie fand Zugang zum literarischen Leben ihres Gastlandes, wie die Impressionen aus *Klatsch, Ruhm und kleine Feuer* zeigen. Kontakte zur deutschen Emigration blieben, wenn überhaupt, spärlich. 1939 war sie Mitverfasserin des grotesken Anti-Hitler-Romans *The Man Who Killed Hitler*[23]. Weitere Romane, so *Sixty To Go* (1944) und *Lili Marlene* (1945), ebenfalls mit antifaschistischer Thematik, fanden in den USA durchaus Aufmerksamkeit, sind dagegen hierzulande unbekannt und nicht bzw. nur im Auszug übersetzt.[24] Ruth Landshoff-Yorck versuchte, durchaus nicht ohne Erfolg und nun offiziell US-Bürgerin geworden, ihre zweite literarische Karriere, dabei überwiegend in englischer Sprache schreibend – aber stets im schmerzlichen Bewußtsein des »zweisprachigen Zwiespaltes«, der sie doppelt entwurzelte bzw. ein Heimischwerden doppelt erschwerte.[25]

Nach dem Zweiten Weltkrieg blieb sie in den

USA, in New York. Reisen nach (West-)Deutschland in den 50er Jahren hinterließen zwiespältige Eindrücke. In einem Nachlaßtext schrieb sie:

> Wenn man hier nach Deutschland kommt, so gibt es wohl Leute, die von einer schrecklichen Zeit erzählen wollen, von Verlust und von Angst und von Bomben, von Zerstörung und Unglück und plötzlichem Tode. Sie erzählen das, als seien es Neuigkeiten für uns. Sie erzählen das, als sagten sie: Na, ihr hattet es ja gut und sicher ... Wir hatten es also gut und sicher, und von den Dingen die ich aufzählte hatten wir allerdings die Bomben nicht im Land. Unsere Häuser waren ja schon vorher und ohne jeden Lärm vernichtet worden. Aber Kummer soll man nicht vergleichen wollen.[26]

Eine 1952 von Alfred Andersch angeregte deutschsprachige Prosaauswahl von Ruth Landshoff-Yorck in der Reihe »studio frankfurt«, *das ungeheuer zärtlichkeit*, blieb ebenso ohne größere Resonanz wie ihre zahlreichen Artikel und Gedichte in deutschen Zeitschriften, darunter den *Frankfurter Heften*. Um so mehr reüssierte sie als eine »der ungekrönten Königinnen der New Yorker Theater-Subkultur«[27]. Im Theater des Off- bzw. des Off-Off-Broadway und seinem Mittelpunkt, dem Café »La MaMa« – das nach ihrem Tod eine »Ruth Yorck Memorial Show«[28] veranstaltete – wurden ihre Stücke und Einakter gespielt.

Ruth Landshoff-Yorck starb 1966 in New York während einer Aufführung von Peter Brooks Inszenierung des *Marat/de Sade* von Peter Weiss an Herzversagen. Als sie plötzlich in die Arme einer Freundin, Ellen Stewart, sank, dachte man anfangs, der Vorfall sei nach gut avantgardistischer Manier Bestandteil des Stückes.

»Die Frau«, heißt es im Nachruf des New Yorker *Aufbau*, »die Berlin, Paris, London, Rom, Venedig in Glanzzeiten erlebt hatte, war die ›poet lady‹ von Greenwich Village geworden.«[29] In einem weiteren Artikel wurde ihrer 1967 gedacht – während es noch zu früh sei, heißt es dort, Heilige zu feiern, Märtyrer oder gar »singular ladies« der Neuen Boheme, so mache man bei Ruth Landshoff-Yorck eine Ausnahme: »Ruth Yorck's total commitment to the avant-garde at its most creative and dynamic, deserves to be remembered.«[30]

3.

Als Louis Lou, die smarte Berliner Reporterin in Ruth Landshoff-Yorcks Erstling *Die Vielen und der Eine*, auf ihrem Weg nach Amerika in Paris Station macht, findet sie rasch Zugang zur Boheme von Montparnasse und wird u.a. Lena vorgestellt: »Das ist Lena, die polnische Tänzerin, die siebenmal verheiratet war in sieben Jahren.«[31] Hier findet sich der erste Hinweis auf jene Tänzerin, die Ruth Landshoff-Yorck wenige Jahre später zur Titelfigur ihres *Romans einer Tänzerin* machen wird.

Nicht nur, daß die Erzählerin mit dem Namen der Protagonistin, Lena Vogel, symbolisch spielt – so ziert ein »ungeschickt gemalter Vogel« die Tür

Lena Amsel
Porträt mit Hut und Fächer (um 1922)
Foto: ullstein bild

von Lenas »kleinem schnellen Rennwagen«. In Lena Vogels Hotel in Paris war zudem »über dem Bett hoch oben an der Decke eine kleine Amsel gezeichnet«. Mit der Amsel verweist sie unübersehbar auf eine reale historische Figur: auf die Tänzerin Lena Amsel.

Lena Amsel (1898–1929) ist heute vergessen, für Ruth Landshoff-Yorck und ihr mutmaßliches Lesepublikum aber war sie keine Unbekannte. Bereits in der frühen 20er Jahren hatte sich Lena Amsel in Berlin und anderswo einen Namen als Tänzerin gemacht, in der Pariser Boheme von Montparnasse hinterließ sie dann Ende der 20er Jahre ihre Spuren. Ruth Landshoff-Yorck selbst war sogar mit ihr persönlich bekannt – delikaterweise hatte ihr langjähriger Liebhaber, Karl Vollmoeller, ebenfalls eine Affäre mit der Tänzerin. Lena Amsel starb 1929 bei einem Autounfall in der Nähe von Paris.

Ruth Landshoff-Yorck war nicht die einzige, die zu Beginn der 30er Jahre Lena Amsels Leben mehr oder wenig verschlüsselt erzählt hat. 1932, als sie noch an ihrem Roman schreibt, erscheint Klaus Manns Panoptikum der Weimarer Republik, *Treffpunkt im Unendlichen*, und in diesem Roman verleiht er seiner Figur der Greta Valentin unübersehbar Züge von Lena Amsel: »Das schreckliche Ende der Tänzerin Lena Amsel im Pariser Bois mit dem selbstgesteuerten Auto wird erzählt«, heißt es zum Figurenensemble des Romans in der *Vossischen Zeitung*[32]. Bereits 1929 hatte Annemarie Schwarzenbach, die zu dieser Zeit in Paris Kunstgeschichte studierte und Lena Amsel wohl auch selbst kennenlernte, in ihrer noch unveröffentlichten *Pariser Novelle* das Leben der Tänzerin erzählt. Zuvor hatte der als Verfasser des Jugendromans *Kampf der Tertia* bekannte Romancier und Dramatiker Wilhelm Speyer in seinem neusachlich inspirierten

Ullstein-Roman *Charlott etwas verrückt* (1927) Lena Amsel verewigt, so las man es jedenfalls in einigen Nachrufen. Lena Amsel stand hier jedoch allenfalls als Typus Modell.[33]

In seinem Nachruf über »Lenas Glück und Ende« schreibt Stefan Grossmann: »Alle Keckheiten, Drolligkeiten, Verwegenheiten dieser ausgelassenen Seele in einem Roman unterzubringen, war unmöglich, die Sache wäre dem Leser viel zu unwahrscheinlich vorgekommen.«[34] Immerhin: Mit Klaus Mann und Annemarie Schwarzenbach haben sich Autoren aus dem engeren Freundeskreis von Ruth Landshoff-Yorck literarisch der Tänzerin angenommen. Ruth Landshoff-Yorck war also nicht die einzige, die das Leben der Tänzerin Lena Amsel erzählt hat, und Lena Amsel wiederum war nicht die einzige Tänzerin, deren Leben in diesen Jahren literarisch gestaltet wurde – man denke nur an Leo Lanias »biographischen Roman« *Der Tanz ins Dunkel, Anita Berber* von 1929 oder, aus der Zeit nach dem Zweiten Weltkrieg, Franz Jungs Nachlaßerzählung über eine Tänzerin, *Die Verzauberten*.

Natürlich läßt sich der Roman auch ohne genauere Kenntnisse des Lebens dieser Tänzerin lesen. Da jedoch Ruth Landshoff-Yorck mit ihrem Namenspiel selbst das unübersehbare Signal aussendet, Lena Vogel zu entfiktionalisieren und von der ›erzählten‹ in die ›wirkliche‹ Welt zurückzuführen, ist Lena Vogel auch als Lena Amsel zu lesen: Somit wird die Biographie der historischen Tänzerin Teil des Romans.

4.

Die Spurensuche in Sachen Lena Amsel gestaltete sich nicht ganz einfach: einige wenige Zeugnisse über ihre Auftritte als Tänzerin, eine Handvoll Nachrufe, spärliche Erinnerungen von Zeitgenossen. Immerhin existieren zwei Dutzend Fotografien sowie Postkarten aus den 20er Jahren, auf denen sie in verschiedenen Kostümen und Posen als Star abgebildet ist. Es gibt über sie mehr literarische Zeugnisse als historisch verläßliche Quellen und Dokumente. Offenkundig war ihr Leben wie für den Roman geschaffen. Einer der Nachrufe über sie beginnt:

> Die kleinen Mädchen und die großen Damen haben auf ihrem Nachtkästchen Biographien ›bedeutender Frauengestalten‹ liegen, um daraus zu lernen, wie man Karriere macht. Enttäuschte Müh'! [...] Heute geht es für Frauen darum, ohne Heldenrang und Märtyrertum ihr eigenes Leben zu führen; tapfer und frei zu sein ohne Pathos; ihre Würde weder an die Bürgerlichkeit noch an die Sexualindustrie zu verlieren. Demgemäß fehlt auf dem Nachtkästchen das Buch der Zeitgenossinnen, deren Schicksal aus nichts anderem besteht oder bestand als: Frau zu sein.
>
> Gäbe es ein solches Buch, dann müßte darin als Lehrstück der Lebenslauf der armen Lena Amsel beschrieben sein.[35]

Lena Amsels Lebenslauf als Lehrstück oder »Lebensroman«? In Handbüchern oder Tanzlexika ist ihr Name nicht zu finden. Sicher ist, daß sie zu

Lena Amsel †

Wie schon in der gestrigen 8. Ausgabe des „Tempo“ gemeldet, ist die in Berlin sehr bekannte Tänzerin Lena Amsel auf einer Autofahrt im Walde von Fontainebleau mit ihrer Wiener Freundin verunglückt und verbrannt. Beide Damen waren in Lena Amsels Auto auf das Landgut des berühmten Malers Derain bei Paris gefahren,

Lena Amsel †

der Frau Amsel malen wollte. Auf schlechten Wegen im Wald von Fontainebleau stürzte das von Frau Amsel gesteuerte Auto um und explodierte. Beide Frauen erlitten den Verbrennungstod. Derain erlitt bei den Rettungsversuchen erhebliche Brandwunden.

Lena Amsel, die 31 Jahre alt geworden ist, war keine sehr gute Tänzerin — sie war Autodidaktin — aber eine sehr originelle Persönlichkeit und hatte daher eine äußerlich sehr erfolgreiche Lebenslaufbahn. Sie war als 16jährige bei Kriegsausbruch mit Mutter und Schwester (einer begabten Pianistin) aus Lodz nach Dresden geflüchtet, kam bald nach Berlin und geriet in den Freundeskreis der Maria Orska. Ihr tänzerischer Ehrgeiz führte sie dann nach Wien, wo die Wiener Werkstätten für sie Papier-Tanzkleider machten und sie mit dem Grafen Sascha Kolowalt und mit Castiglioni bekannt wurde. Nach Berlin zurückgekehrt, heiratete sie in erster Ehe den jungen Deutsch-Südamerikaner v. Siewers, von dem sie sich aber bald scheiden ließ. Bei einem Gastspiel in der Münchener Bonbonnière lernte sie den blutjungen Reichsgrafen Moy kennen und heiratete ihn. Auch diese Ehe hatte nicht lange Bestand, wurde geschieden, und Graf Moy ging nach New York, wo er zuerst Angestellter, dann Schwiegersohn Edgar Speyers wurde. Lena Amsel ging wieder nach Wien, heiratete dort einen adligen österreichischen Rittmeister, aber auch diese dritte Ehe dauerte nur sehr kurze Zeit.

Lena Amsel zog dann mit einer Wiener Freundin, die in Paris ein Modengeschäft eröffnete, nach der Seinestadt und beide Frauen lebten seitdem in Paris in gemeinsamem Haushalt. Diese Wiener Freundin dürfte auch das zweite Opfer der Auto-Katastrophe sein.

In diesem ganzen tollen Leben war Lena Amsel, im Grunde ein sehr gutmütiger Mensch, durchaus nicht glücklich. Seltsam, daß das Leben so vieler Tänzerinnen — die Duncan, die Kieselhausen! — mit ähnlichen Katastrophen endet.

5

Tempo, 7.11.1929

ihrer Zeit durchaus Aufsehen erregte – die Todesmeldung des Berliner *Tempo* spricht am 7.11.1929 von der »in Berlin sehr bekannten Tänzerin Lena Amsel«, und die Monatsschrift für Tanzkultur, *Der Tanz*, meldet ihren Tod ebenso wie die *Berliner Illustrirte Zeitung*.[36]

Lena Amsels Lebensspuren führen zunächst ins polnische Lodz, wo sie am 27. Juli 1898 geboren wird und in einer jüdischen Fabrikbesitzerfamilie, zusammen mit der Schwester Ella, aufwächst. Mit ihrer Mutter und der Schwester flieht sie bei Kriegsbeginn 1914 nach Dresden und geht alsbald nach Berlin. Ihre Schwester, eine Pianistin, begleitet zeitweilig Lena Amsels Tänze am Flügel. In Berlin taucht Lena Amsel eines Tages im Café des Westens auf, verkehrt von nun an in der Berliner Boheme und gehört zum Freundeskreis der Schauspielerin Maria Orska. Stefan Grossmann berichtet:

> Sie saß mit uns im Café des Westens, sah sehr kindlich aus, sprach dreiviertel polnisch, einviertel deutsch und war die süße, sorgende Freundin eines ganz jungen Romandichters, der sich, bald nachdem er das schlanke Kind gefunden, vor dem höchsten Richter mit sehr triftigen Gründen gegen die Anklage zu verteidigen hatte, eine noch nicht Sechszehnjährige heiß geliebt zu haben. Der junge Dichter starb jählings weg, gerade als Lena soviel deutsch konnte, wie zu einer vollen Karriere nötig war.[37]

Wer auch immer dieser Dichter gewesen sein mag – es soll Alfred Bratt sein, der 1916 in Berlin den

Roman *Die Welt ohne Hunger* veröffentlicht hat – Lena Amsel wurde alsbald Tänzerin, »weil sie es wollte, nicht weil sie es konnte« (Grossmann). Daß sie nicht tanzen konnte oder nur mäßig tanzte, bestätigen ihre Zeitgenossen, ohne daß sie ihr dabei Übles nachreden wollen. Der Tänzer Walter Kujawski erinnert sich:

> Sie wollte es eben. Sie wollte durchaus Tänzerin werden. Können tat sie – bei Gott – garnichts. Oder nur sehr wenig. Aber diese mollig-niedliche Person hatte es sich eben in den Kopf gesetzt, daß sie tanzen müsse. Sie sah einmal in die Übungsstunden einer Tanzschule. Das genügte [...], es gelang ihrer exquisiten Anmaßung, der Welt einzureden, daß sie eine Tänzerin sei.[38]

Es genügte offenbar wirklich, denn ein gewisses Talent war ihr, der Autodidaktin, offenkundig nicht abzusprechen. Viel ist über ihre Engagements nicht bekannt, wohl aber, daß sie bereits 1917, also noch während des Krieges, im Berliner »Wintergarten« mit wenigstens zwei eigenen Tanzabenden auftrat. In einer Besprechung der Zeitschrift *Elegante Welt* wurde geurteilt:

> Unter den zahlreichen jungen Tänzerinnen, die bereits in diesem Winter wieder an das Licht der Öffentlichkeit traten, ist Lena Amsel eine der begabtesten und vielversprechendsten. Wer im Berliner Westen und vornehmlich in den Literatur- und Kunstkreisen dieses Berliner Westens einigermaßen zu Hause ist, der kennt diese junge, sehr anmutige Gestalt, die sich nun in einem eige-

Lena Amsel posiert mit einer Piccoloflöte
in einem Ballettkostüm (um 1917)
Foto: Atelier Eberth / ullstein bild

nen, sehr erfolgreichen Tanzabend zeigte. Lena Amsel verfügt so ziemlich über alles, was man von einer jungen Tanzkünstlerin mit Fug und Recht erwarten darf: eine vorzügliche Erschei-

> nung, Temperament und ein sicheres technisches Können. Dazu kommt noch eine sehr differenzierte Auffassung, die in einzelnen Tänzen ganz wunderhübsche Effekte erzielte. [...] Man wird die kleine Lena Amsel gern hinfort unter unseren besten Tanzkünstlerinnen nennen [...].[39]

Ruth Landshoff-Yorck berichtet in einer späten autobiographischen Aufzeichnung über einen Auftritt ihrer zeitweiligen Rivalin Lena Amsel:

> I went to the nightclub and watched her dance. That was very funny. She could not dance a farthing. Dressed in a yellow gown she was making steps intended to show her up as a seductive female, and towards the end two enormous negroes came on stage and gathered her in their four huge armes to carry her [a]way while she wiggled her legs. It had been her own idea. She always danced her own ideas Peter [d.i. Karl Vollmoeller] explained with a smile.[40]

Lena Amsel wird rasch bekannt. Der Münchner Maler Walter Schnackenburg stellt bereits 1918 eine großformatige Farblithographie von ihr her, und es soll angeblich sogar eine Rosenthal-Porzellanfigur von Lena Amsel als Pierrot gegeben haben, »die bald die Vitrinen des Berliner Kurfürstendamm zierten« (Kujawski).

Lena Amsel spielt 1921 erneut im »Wintergarten«, dem »Sprungbrett zu internationalem Tanzruhm« (Kujawski), und zwar im Ballettensemble des u.a. durch seine Matrosentänze in Berlin bekannt gewordenen Eric Charell. Die Kritik bescheinigt Charell, er habe »in Lena Amsel eine gute Partnerin gefunden, obgleich sie tänzerisch bei weitem nicht auf gleicher Höhe mit ihm« stehe:

> Sie verfügt jedoch über eine recht gute mimische Darstellungskraft und erreicht besonders in Szenen, in denen sie ein wenig gaminhaft wirken soll, einen beträchtlichen Grad der Pfiffigkeit. Ihre Ausdrucksfähigkeit zeigt sich auch in dem Tanz »Abbruzza« mit der aparten Musik von Jaap Kool. Das Ganze, bildhaft gestellt mit einem malerischen Hintergrunde, gibt Lena Amsel die Möglichkeit, eine tänzerisch gute Leistung in einem wirkungsvollen Rahmen zu zeigen. Drollig ihre orangegelben Beine, die aus einem langen weißen Rock flattern.[41]

Für die Spielzeit 1922/23 wird Lena Amsel von Rudolf Nelson für dessen Nelson-Theater am Kurfürstendamm 186 engagiert. Im *Deutschen Bühnen-Jahrbuch* gibt sie als Adresse »Hotel Adlon«[42] an. Ende 1923 – und wieder 1929 – kommt der mehrteilige Spielfilm *Tragödie der Liebe* von Joe May, in dem Lena Amsel die Rolle der Kitty Moreau übernommen hat, in die Kinos von Berlin und Wien.[43] Lena Amsel hat Engagements im Berliner Großen Schauspielhaus, in der Scala und wieder im Ballett – man schreibt über sie: »kühn und frei, ja, tanzend in der Schar von Seeräubern, wild, mit Ausgelassenheit, mit einem unglaublichen Haarschopf, der wie eine tintenschwarze Gloriole um ihr Puck-Gesicht war.«[44] Stefan Grossmann urteilt:

> Sie hatte ein Soubrettengesicht, eine drollige,

bißchen kreischende Stimme, eine große Gutmütigkeit und was immer das Wichtigste war, enorm viel Spaß an allen Verwicklungen der Lebenskomödie. Sie war gelebter Wedekind, aber ohne alles Pathos.

In die frühen 20er Jahre dürfte Lena Amsels Bekanntschaft und ihre Affäre mit Karl Vollmoeller datieren, über dessen Person sich Lena Amsels Weg mit dem von Ruth Landshoff-Yorck gekreuzt hat. Vollmoeller, so überliefert es Ruth Landshoff-Yorck in ihrem *Klatsch, Ruhm und kleine Feuer*, hat von Lena Amsel ein »berühmtes«, bisher noch nicht wieder aufgefundenes Foto in seiner Wohnung am Pariser Platz in Berlin gefertigt, das die Tänzerin »mit gekreuzten Beinen auf der Schreibtischplatte« sitzend zeigt, umgeben von zwei »hohen Lampen«.[45] Der Beziehung zwischen dem notorischen Frauenheld Vollmoeller und Lena Amsel wird im *Roman einer Tänzerin* eine gewisse Dauerhaftigkeit und Stabilität zugeschrieben, wenn Lena Vogel dem »Dichter«, als der Vollmoeller fungiert, am Schluß ihr letztes Wort aus dem Jenseits widmet.

Zeitweilig begibt sie sich nach Wien, wo die Wiener Werkstätten für ihre Auftritte Papier-Tanzkleider entwerfen. Durch die zeitgenössischen Berichte spukt der Hinweis, daß sie zu den Hochzeiten der Inflation für einen »exaltierten österreichischen Milliardär« (Kujawski) Diamanten geschmuggelt habe. Nach Berlin zurückgekehrt, heiratet sie den jungen Deutsch-Südamerikaner von Siewers, von dem sie sich alsbald wieder scheiden läßt. 1922 verheiratet sie sich mit dem jungen katholischen Grafen Hugo von Moy, den sie bei einem Gastspiel in der Münchner *Bonbonnière* kennengelernt hat (und den wohl auch Ruth Landshoff-Yorck überaus schätzte). Lena Amsel zeichnet nun als »Gräfin Lena Moy«. Die Ehe wird 1923 geschieden. Erneut in Wien, heiratet sie in dritter Ehe einen österreichischen Rittmeister, mit dem sie für zwei Jahre aufs Land zieht, auf ein Anwesen in Niederösterreich bei St. Pölten. Sie liebt einerseits die »Schauplätze der Mondänität« (Antoine), die Bohemestädte und -stätten, die Metropolen und Luxusorte, und kann sie doch auch missen. Nach dem Scheitern ihrer dritten Ehe geht sie, wohl 1928, nach Paris – gemeinsam mit einer Wiener Freundin, die dort ein Modegeschäft eröffnet. Es sollte die letzte Station ihres kurzen Lebens werden.

5.

Lena Amsel wird offenkundig in den Künstler- und Bohemekreisen von Montparnasse rasch heimisch. Ob sie selbst, wie im *Roman einer Tänzerin*, künstlerisch aktiv geworden ist, ist nicht ganz sicher. Offenbar war sie so vermögend, daß sie keine materielle Sorgen haben mußte.

Ein Foto zeigt sie in einem Café mit dem Bildhauer Ossip Zadkine. Mit dem Maler André Derain war sie gut bekannt. Er lud sie zur verhängnisvollen Fahrt in sein Atelier ein, auf deren Rückfahrt Lena Amsel 1929 tödlich verunglückte. Derains

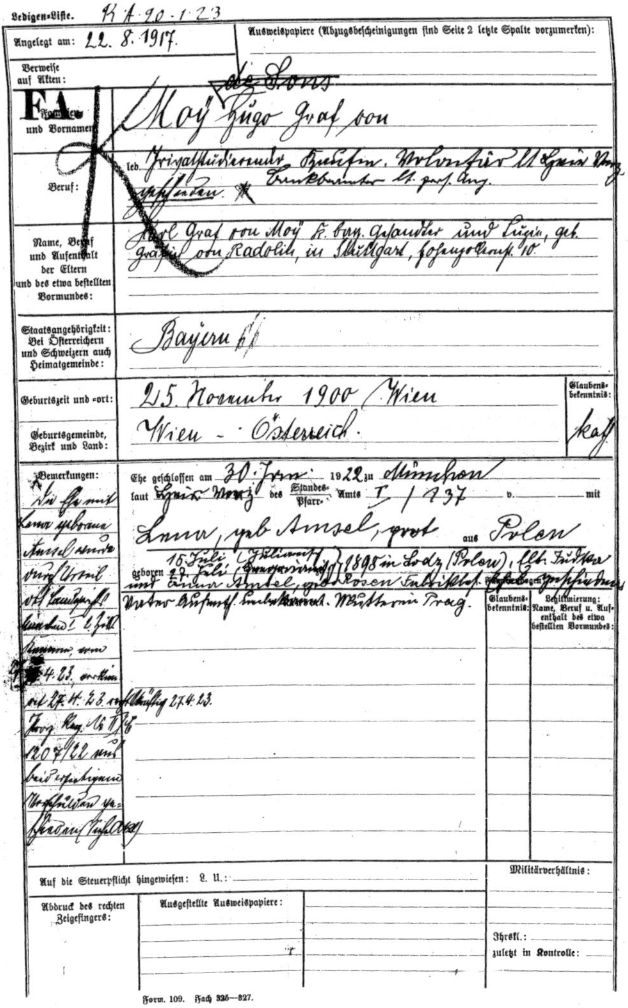
Ledigen-Liste. K A 90 1 23

Angelegt am: 22. 8. 1917.

Ausweispapiere (Abzugsbescheinigungen sind Seite 2 letzte Spalte vorzumerken):

Verweise auf Akten:

FA

Familien- und Vornamen: ~~de Sons~~ Moy Hugo Graf von

Beruf: led. Privatstudierender, Kaufm. Volontär

Name, Beruf und Aufenthalt der Eltern und des etwa bestellten Vormundes: Karl Graf von Moy K. bay. Gesandter und Eugen., geb. Gräfin von Radolin, in Stuttgart

Staatsangehörigkeit: Bei Österreichern und Schweizern auch Heimatgemeinde: Bayern

Geburtszeit und -ort: 25. November 1900 Wien

Geburtsgemeinde, Bezirk und Land: Wien - Österreich.

Glaubensbekenntnis: kath.

Bemerkungen:

Ehe geschlossen am 30. Juni 1922 zu München laut ... des Standes- Pfarr- Amts I / 737 v. ... mit Lena, geb. Amsel, prot. aus Polen geboren 15. Juli 1898 in Lodz (Polen)

Glaubensbekenntnis:

Schulminierung: Name, Beruf u. Aufenthalt des etwa bestellten Vormundes:

Auf die Steuerpflicht hingewiesen: L. U.:

Militärverhältnis:

Abdruck des rechten Zeigefingers:

Ausgestellte Ausweispapiere:

Jhrgk.:

zuletzt in Kontrolle:

Form. 109. Fach 326—327.

Heiratsurkunde von Lena Amsel und Hugo Graf von Moy aus dem Melderegister der Stadt München zahlreiche Tänzerinnenstudien gerade aus den Jahren 1926/27 legen die Vermutung nahe, daß er Lena Amsel malen wollte. Eine besondere Bedeutung erlangt für Lena Amsel die Bar »La Coupole«, in der sie den Surrealisten und Kommunisten Louis Aragon kennenlernt. Durch ihn dürfte sie mit der surrealistischen Szene bekannt geworden sein. Übrigens hat Ruth Landshoff-Yorck 1929 einen surrealistischen Prosatext von Aragon für die *Literarische Welt* übersetzt, eines der eher spärlichen Zeugnisse für die Aufnahme des Surrealismus in Deutschland zu dieser Zeit.[46]

1928 wohnten der Surrealist und spätere Filmhistoriker Georges Sadoul und André Thirion, Aktivist der KPF mit Kontakten zum Surrealismus, in Montparnasse, Rue du Château 54. Dort zog 1928 Louis Aragon ein, nachdem er sich aus einer langen Beziehung mit Nancy Cunard gelöst hatte. Aragon und seine Freunde wurden Stammgäste in »La Coupole« – und dort begegnete Aragon erstmals Lena Amsel. Sie »verliebten sich ineinander, doch Lena ließ sich nicht festlegen. Der Bildhauer Lasserre war ihr gegenüber besonders aufmerksam, und Aragon war eifersüchtig.«[47]

Ein Zeitzeuge ihrer letzten Lebenszeit in Paris 1928/29, André Thirion, hat Lena Amsel ausführlich charakterisiert:

> Sadoul meinte, daß Aragon, wenn er einen öffentlichen Raum betrat, lediglich den Finger heben mußte, damit eine Frau sofort auf diese Aufforderung reagierte. Anscheinend hatte dies ein oder

zwei flüchtige Abenteuer ohne weitere Konsequenzen zur Folge, bis Aragon an der Bar »La Coupole« Lena Amsel traf.
Sie war eine sehr junge Wiener Tänzerin, die in einem Gruselfilm mitgespielt hatte: *Die Frau mit der Goldmaske.*[48] Ziemlich schön, sehr gut gebaut, mit Busen und Beinen einer Deutschen und von einer sportlichen Eleganz, die ihr gut stand, setzte sie sich seit ihrer Ankunft in Montparnasse durch ihren Schwung, ihre Lebensfreude, ihre Offenheit, ihre Ungezwungenheit und ihren Wunsch zu gefallen durch. Sie hatte sofort einen Hofstaat an schönen, reichen Jungen, die begierig auf Ausländerinnen waren und darauf brannten, sie auszuführen, mit ihr tanzen zu gehen, sie ins Theater zu bringen, ihr die Restaurants der Pariser Umgebung zu zeigen, um ihre eigenen Absichten durchsetzen zu können. Lena war ziemlich zurückhaltend (sie hatte einen Liebhaber in Amerika) und die meisten Jungen, vielleicht auch alle, mußten sich mit dem Erfolg des Prestiges und der Eitelkeit begnügen, die ein im Restaurant, im Theater oder im Nachtclub verbrachter Abend mit einer jungen und hübschen Begleiterin bedeutete. [...] Lena war nicht auf Geld aus. Sie wollte sich vor allem amüsieren, während sie darauf wartete, Skifahren zu gehen oder einen neuen Film zu drehen. Aragon gefiel ihr sofort, als sie ihn sah. Sie ließ es ihm sagen. Sie schliefen miteinander, ohne lang zu warten und waren sofort ineinander vernarrt. Doch Lena war

> keine Frau, die sich einsperren ließ; sie flirtete gerne, ging gern jeden Abend aus, und der Bildhauer Lasserre zeigte sich draufgängerisch und störend. Es zeichneten sich bereits Komplikationen ab, die zu Eifersucht und Kummer führten, als Elsa Triolet auftauchte.[49]

Elsa Triolet: Das war jene junge Russin aus dem Kreis um Ilja Ehrenburg, deren Stammtisch sich ebenfalls in der Bar »La Coupole« fand und die sich anschickte, ihrerseits Aragon zu erobern. Die Heftigkeit ihrer Avancen ließen in Aragon zeitweilig den Verdacht aufkommen, Elsa Triolet sei Polizeispitzel... Die Elsa Triolet-Biographin Dominique Desanti schreibt, man habe Aragon immer mit Frauen gesehen, alle hätten seine vergangene Liebe Nancy Cunard gekannt, »alle kannten Lena Amsel. Dann Elsa.«[50] »Lena wurde für kurze Zeit die Rivalin von Elsa, dann räumte sie das Feld«, resümiert der Aragon-Biograph Pierre Daix.[51]

Offenkundig wollte der wenig entschlußfreudige Aragon Elsa Triolet zunächst aus dem Wege gehen. Anläßlich einer Weihnachtsfeier 1928 – zu der Aragon Schmuck mit Lena Amsels Emblem, dem Vogel, hergestellt hatte –, kam es zu einer zufälligen und delikaten Begegnung zwischen den dreien, als Elsa Triolet in dem berühmten »La Jungle« nach Aragon suchte und dieser mit Lena Amsel eintrat. Die Angelegenheit endete damit, daß die beiden Frauen – »wie zwei Freundinnen«, so Thirion – sich einig wurden: Es sei ein Mißverständnis gewesen, habe Elsa Triolet zu Aragon gesagt, »Lena hat

Lena Amsel mit ihrer zahmen Maus und Ossip Zadkine im Club Le Grand Écart (Paris)

verstanden, daß ich Dich liebe. [....] Sie weiß auch, daß Du mich liebst; sie wußte es vorher nicht. Ein Flirt mit dir würde sie zu nichts führen [...] Sie überläßt dich mir, wenn du willst; sie hat zuviel Ehrenhaftigkeit und Verstand, als daß sie nicht respektierte, was du bist, und sie hat auch so viel Freundlichkeit, mir keine Schmerzen bereiten zu wollen.«[52] Am 8.4.1929 notiert Elsa Triolet im Tagebuch ihren Triumph – »alle Lenas sind verschwunden wie durch Zauberei«.[53]

In Aragons autobiographisch angelegtem späten Roman *La Mise à mort* (*Spiegelbilder*, 1965) hat Lena Amsel Spuren hinterlassen, auch wenn ihr Name selbst nicht fällt: Es heißt dort, auf sie und ihre Vorliebe für den Film *La Cousine de Varsovie* gemünzt:

> da waren Abende, an denen ich mit jener Frau, die ganz und gar keine Deutsche war, ins Theater ging. Wirst du den Mut haben, sagte sie zu mir, dir mit mir Die Cousine aus Warschau anzusehen? – Aber schau mal, du hast sie zwanzigmal gesehen in dieser Rolle, die Popesco. – Stimmt. Sie ist wunderbar. Ich lache so gern. Und jedesmal lache ich ein bißchen mehr. Ich warne dich, man braucht Mut, um an meiner Seite zu bleiben, so *als ob gar nichts los wäre*![54] – Mut? Nicht nötig, ich bin Skandal gewohnt... sie lachte so laut, daß ihr Tränen in die Augen traten, es war ein schallendes Gelächter, das Publikum protestierte, die Aufführung wurde unterbrochen, Elvire Popesco, ein bißchen aus der Fassung gebracht, aber recht zufrieden, war bis zum Souffleurkasten vorgetreten... Sie aber lachte, lachte.
>
> [...] Als ich ihr vorschlug, sie zu heiraten, hätte sie [...] beinahe eingewilligt: Sie wollte ein Gut in der Normandie kaufen, Ländereien, mit allem, was zur Viehzucht gehört, das würde viel einfacher sein, wäre sie mit einem Franzosen verheiratet...[55]

In diesem autobiographisch vielfach gebrochenen

Spiegelbilder-Werk spricht Aragon deutlich davon, daß er sich »damals einredete, in eine andere verliebt zu sein, eine Deutsche. Übrigens nicht deutscher als du und ich. Ich gab mir den Anschein, eine andere deshalb nicht mehr zu lieben, eine Engländerin. Eins war zu Ende, und das andere hatte nicht begonnen. All das müßte erklärt werden!«[56]

Am Sonnabend, den 1. November 1929, trafen sich Lena Amsel, ihre Freundin Florence Pitron, die zeitweilig mit André Thirion liiert war und mit der sie im Hôtel de la Haute Loire wohnte, Jacqueline Goddard aus dem Kreis von Kiki, der ›Königin von Montparnasse‹ und Lena Amsels Verehrer Lasserre, um sich in den Club »Le Grand Écart« zu begeben. Dort trafen sie den Maler Derain, der sie in sein Atelier nach Barbizon einlud. Am nächsten Tag, Sonntag, 2. November 1929, fuhren Lena Amsel, Florence Pitron und Derain nach Paris zurück. Beide, Lena Amsel und Derain, besaßen Bugattis, Florence saß in Lenas Wagen. Diese wollte Derain, der den schnelleren Bugatti fuhr, abhängen. Offenbar hatte es Lena Amsel versäumt, ihr leichtes Automobil wie üblich mit Steinen zu beschweren. Ihr Wagen geriet auf der von Laub glitschigen Straße ins Rutschen, überschlug sich und fing sofort Feuer. Die beiden Frauen verbrannten. Derain (im Roman als »Leysin« dargestellt), der zu Hilfe eilte und sich dabei an den Händen verletzte, konnte nichts mehr tun.[57]

In Klaus Manns Roman *Treffpunkt im Unendlichen* findet sich ebenfalls eine Darstellung dieser

André Derain mit seinem Bugatti

Katastrophe, die bei Ruth Landshoff-Yorck ungleich subtiler erzählt wird:

Scharfe Kurve der regenblanken Straße. Aber wozu jetzt bremsen, wo es gerade so schön war? Höchstens ein bißchen, klein wenig, un tout petit peu – von hundertzwanzig auf neunzig –
Von hundertzwanzig auf – neunzig – –
»Merde –!!« schrie Greta.
Der Wagen schleuderte.
Bremsen?!
Nicht bremsen!
Rasender Zickzack auf dem spiegelglatten Asphalt. Steuer gehorcht nicht – Wirbel, Wirbel, Wirbel. Und der Baum kommt näher. Baum wächst heran. Baum – riesengroß. Und gleich wird es krachen; splittern, explodieren.[58]

6.
Während es über ihre künstlerischen Anfänge wenigstens rudimentäre Informationen gibt, sind Berichte über Lena Amsels Vita Anfang und Mitte der 20er Jahre ausnahmslos überlagert von Anekdoten, Anekdoten über ihren eigenwilligen, so ungemein ›schnellen‹ Lebensstil, über ihre Kapriolen und Extravaganzen, ihr Liebesleben. Sicher ist, daß sie sich als Tänzerin, als Künstlerin einen Namen gemacht hat, auch wenn sie nicht zu den ganz großen Tänzerinnen der Zeit wie die Duncan gerechnet worden ist und sicher auch nicht zu rechnen ist. In Zeiten der Um- und Neudefinition der Geschlechterrollen wurde sie gerade und vor allem als eine Frau wahrgenommen, die – so ein männlicher Chronist – »in den fünfzehn Jahren ihres wachen Frauentums (von fünfzehn bis dreißig) mehr erlebt hat – Schönes und Bitteres – als Hundert Normalfrauen während eines ganzen Daseins.« (Antoine) Es ist zunehmend Lena Amsels »abenteuerliche Biographie« (Antoine), die ihre Zeitgenossen fasziniert. Klaus Mann sagt in seinem Nachruf in der *Vossischen Zeitung*: »Sie soll eine Tänzerin von genialem Temperament gewesen sein; ich habe sie nie auf der Bühne gesehen. Ohne Frage war sie ein Genie des Lebens.«[59]

In ihrer ungemein dichten, noch zu Lena Amsels Lebzeiten verfaßten *Pariser Novelle* hat Annemarie Schwarzenbach gerade diesen – auch experimentellen – Umgang mit neuen Lebensentwürfen zum Thema gemacht:

> Lena vergass Männer und Tanzschule, kroch in allen Ateliers in Mont-Parnasse herum und verliebte sich in niemanden. Die drei Ehen waren zu viel gewesen. Lena schüttelte sich vor Ekel, wenn sie sich daran erinnerte. Jetzt wollte sie Sonne, Wald und Blumen, wollte gute Kameraden, mit denen man spielen konnte und auf sommerlichen Wiesen liegen. Jeden Samstag fuhr sie mit einem ihrer Anhänger fort, weit hinaus wo der Horizont in weichen Farben lockte, machte in fröhlicher Unbekümmertheit alle Hoffnungen des Verliebten zu Schanden, küsste ihn dafür hundertmal und erschien gegen Abend, dunkelbraun und strahlend, in der Coupole wo sie in schrankenloser Begeisterung empfangen wurde. Uebrigens hatte Lena zu malen begonnen. Und hierzu ist zu bemerken, dass ihre seltsamen, bunt verschmierten Gebilde, die Gemüter in Aufruhr brachten, so dass auch hier, wie einst in ihrem Tanz, der sinnlicher Zauber ihres Wesens in einem Rausch von Farben sein Triumphe feierte.[60]

Es werden Konturen, Umrisse eines neuen Frauenbildes sichtbar, das die Emanzipationskämpfe der Frauen und der Frauenbewegung seit der Jahrhundertwende und vor allem nach Kriegsende und Novemberrevolution 1918 bereits voraussetzt, das am Kampf darum gar nicht mehr teilhat. Vielmehr geht es bereits um Ausführung, Ausfüllung neuer Bestimmungen der Genderverhältnisse und Geschlechterrollen, wie es sich vergleichbar auch bei

Ruth Landshoff-Yorck selbst und bei anderen Frauen dieser Generation und zu dieser Zeit erkennen läßt. Mit der Bezeichnung ›Neue Frau‹ ist diese Entwicklung kultur- und literaturgeschichtlich benannt.

Eine Voraussetzung ist die seit dem Aufbruch der Avantgardebewegungen bereits vor dem Ersten Weltkrieg proklamierte und zugleich erfahrene Beschleunigung des Lebens, die sich im Geschwindigkeitskult und der Verherrlichung von Automobil und Flugzeug manifestiert. Wenn Frauen dieser Generation wie Ruth Landshoff-Yorck, Erika Mann oder Annemarie Schwarzenbach vor oder in ihren Automobilen für die Kamera posieren und Lena Amsel mit ihrem schnellen Bugatti in den Tod rast, dann ziehen sie damit nicht allein mit den Männern gleich. (Man denke nur an Brechts Kult um seinen Steyer-Wagen.) Die Frauen haben damit auch ein dezidiert männliches Terrain erobert und besetzt: »Sie band sich an niemanden mehr. Sie liebte niemanden mehr. Nur die weite Welt und das Tempo. Sie raste im Auto, sie flog, sie war im Orientexpreß – doch war dieser zu langsam.« (Bouchholz) Und: »Die Jahre rasten mit ihr dahin, oder sie mit den Jahren. Mit Schwung ging es durch das Leben, mit einem Schwung in den Tod.« (Kujawski)

Klaus Mann hat derartige Entwicklungen auch an seiner Schwester Erika, die u.a. eine erfolgreiche Rennfahrerin war, sehr genau beobachtet. Er urteilt über Lena Amsel: »Ihrer ganzen Natur nach

Lena Amsel
Der Querschnitt, 1929

mußte sie Schnelligkeit über alles lieben«, und: »Ihre beiden Wagen gehörten zu ihr, wie zur Diana ihr beiden schlanken Tiere. Sie waren in grellen Farben, rot und grau, gestrichen; auf die Türen hatte sie in dicken, primitiven Strichen singende

Amseln gemalt. Sie hatte etwas Triumphierendes, wenn sie am Steuer saß.«

Die traditionelle Einheitlichkeit einer einzigen Frauenrolle, und die der drei »K's«: Kinder-Küche-Kirche allemal, so beobachten es gerade die Männer an Lena Amsel, ist aufgelöst:

> Wieviel Wandlungen hat sie durchgemacht? Immer neu sah man sie. Einmal als gamin, dann als Dame, als Tänzerin mit der faustdicken Tolle über der reizenden Stirn, als ehrsame Katholikin und als traditionsbelastete Gräfin. Immer neue Rollen. Mit jedem Mann, mit jeder neuen Aufgabe, die sie sich stellte, änderte sie sich. (Kujawski)

Anläßlich des auch im *Roman einer Tänzerin* beschriebenen Rückzugs aufs Land bemerkt einer der Nachrufschreiber:

> Was war geschehen? Sie hatte zwei Jahre lang als Gutsherrin Schweine gezüchtet. Nicht, weil sie Spaß daran fand. Sondern, weil der Neue Schweine züchtete. Sie wäre ebenso gut Akrobatin, Journalistin, Prinzessin geworden. Vielleicht war sie aus dem gleichen Grund am Schluß »Autowildling«. (Antoine)

Das reicht bis ins Physiognomische:

> Dieser wuschelhaarige Unband war garnicht richtig zu dressieren, und auch ihre tänzerischen Einfälle entsprangen der Improvisation. Heute fand sie dieses schön, morgen jenes. Heute plapperte sie deutsch, in München wurde sie sofort bajuvarisch, sie erlernte spielerisch das Französische und in Österreich sprach sie den besten

süßen Operettenjargon der kitschigsten Walzersoubrette. (Kujawski)

Ein anderer Nachrufschreiber beobachtet:

Sie hatte Heiterkeit, die in Verbindung mit einem Umhängebart ›philosophisch‹ genannt zu werden pflegt, die aber hier, in der mollig-frechen Verkörperung, irreführend wie jugendlicher Unband wirkte. Sie war gutgelaunt, nicht wie die Bühnensprühteufel, die durch Kontrakt und Beliebtheit zu Temperament verpflichtet sind, sondern vom Verstand aus, auf eine fast männliche Art, vielleicht wie ihre Vorväter aus dem polnischen Ghetto. Ihre Lachkrampf-Kaskaden, von heller Höhe bis zum tiefen Brummbaß, genossen internationale Bekanntheit, man labte sich an ihnen in Paris und in Wien, in Nizza wie in Venedig. Ihr ganzes Wesen hatte den Wohlgeruch dieser Gutgelauntheit, wie sie denn überhaupt aromatischer wirkte als der rassige, kluge, ehrgeizigscharfe Typus, mit dem sonst der Osten die Prominentenlisten des Westens beliefert. (Antoine)

Lena Amsel war der Ansicht, wie es Klaus Mann formuliert, »die Erde sei dazu geschaffen, daß sie, Lena Amsel, auf ihr spazieren fahre. Grenzen gab es für sie nicht.« Bei einem anderen Chronisten lesen wir:

Mit großem Appetit ging sie an das Menü des Lebens, das nicht immer auf gedeckten Tischen vor ihr stand. Sie suchte sich zusammen, was ihr paßte. Wenn ein Gericht nicht schmeckte, nasch-

> te sie an dem nächsten und gab sich dem mit inbrünstigem Genießen hin. (Kujawski)

Bei Stefan Grossmann heißt es:

> Sie hatte eine Beherztheit ohnegleichen. Dazu einen göttlichen Instinkt fürs Nichtige und eine unheimliche Geschicklichkeit, den Dialekt jeder Atmosphäre im Handumdrehen zu erlernen.

Das sind Urteile über eine Frau der 20er Jahre, deren Profil aus ›Grenzenlosigkeit‹, wie Klaus Mann meinte, zu bestehen schien: Keine Festlegung auf eine fixierte oder fixierbare Rolle, allenfalls die Synchronie mit der Zeit und ihrer Attribute des schnellen Lebens und der Existenz auf der Oberfläche – und sei es eine Existenz der ›Nichtigkeit‹. Das muß nicht gleich ›Oberflächlichkeit‹ heißen, sondern deutet auf einen Lebensentwurf jenseits tradierter Normen. Rollenzuweisungen, Geschlechterbilder, ein Leben womöglich »von élan vital funkelnd« (Klaus Mann). Ob sie ein gelingendes Leben führte? »Ich glaube, nein, ich weiß, daß Lena Amsel glücklich war«, meint Klaus Mann. Sie sei »durchaus nicht glücklich« gewesen, schreibt dagegen der anonyme Nachrufschreiber des *Tempo*.

Ruth Landshoff-Yorck selbst hat später, in ihrer unvollendet gebliebenen Autobiographie aus der Zeit nach dem Zweiten Weltkrieg, anders und eher negativ über Lena Amsel geurteilt. Über ihren Geliebten Karl Vollmoeller und seine Affäre mit der Tänzerin schreibt sie:

> The girl in question [was] a cabaret dancer Lena Amsel. Not very talented he [Vollmoeller] said.

Not beautiful at all. But she had charm. Tremendous charm, and she hurt his feelings whenever she could. She had promised to travel somewhere with him and did and after a few days she run away with somebody else. A man she did not even love. I could not understand that. Why I asked, if she says she loves you? She wants to be married said Vollmoeller. I thought that was a ridiculous wish and quite understood that he did not want to marry. What for? Love without marriage was just as beautiful as with wasn't it? She always came back to him telephone from somewhere, he rescued her, sent money or tickets or picked her up in his car and she promised she would be faithful and never was. Only if he married her would she be faithful she said. But then why didn't you ever marry her. Because of his family he said he had so many sisters they would be awfully disappointed. Lena came from nowhere from Lodz as a matter of fact she had no family worth while speaking of, a dancer without talent. His sisters just would not understand that. I had a faint suspicion that his family must be dreadfully small town. But it was good to listen and feel overwhelming pity with this man who was continually wronged by a bad woman. Did he not know that woman could be just as loyal and gentleman like as man? I wanted to prove that to him.[61]

Im *Roman einer Tänzerin* kann von »a bad woman« nicht die Rede sein. Beim Erzählen eines Romans

Lena Amsel im Badeanzug
am Starnberger See (um 1923)
Foto: ullstein bild

regieren nicht nur andere Interessen und Maßstäbe als bei einer Autobiographie – bei ihrem Roman geht es Ruth Landshoff-Yorck um einen bestimmten Frauentyp, der ihr im übrigen selbst auch gar nicht unähnlich war. Für diese Verwandtschaft nur ein Indiz: Als im *Roman einer Tänzerin* der »Dichter« Lena Vogel besucht, heißt es: »Es war der Dichter, derselbe, der Lena damals erfunden hatte, kurz nachdem sie sich selbst entschlossen hatte, sich zu erfinden.« Das erinnert auffällig an jene bereits zitierte autobiographische Notiz von Ruth Landshoff-Yorck, nach der es ein Ullsteinvertreter war, der ihre Karriere gestartet hatte: »Er hat mich erfunden«. Diese wörtliche Reprise, geschrieben mehr als zwei Jahrzehnte nach dem Roman, verrät deutlich die künstlerische Initiation, die hier in beiden Fällen Männern zugesprochen wird. Im übrigen geht es Ruth Landshoff-Yorck nicht um »a bad woman«, sondern um »a modern woman«. In einem aufschlußreichen autobiographischen Abriß hat sie über ihr Schreibinteresse folgendes geäußert:

> That book was the biography of a modern woman. People had discovered the charm of biographies. They liked to know about the lives of famous people. They no longer wanted to encounter fictitious characters only on their way of life. The characters had to be real in a different sense of the word. They had once walked on this earth in flesh and blood – and we authors were there to tell about them after they were gone. I then believed, as I do now, that one could attract those biography readers just as much, if not more – with the life story of a girl of our day.[62]

Ihren Romanerstling von 1930 hatte sie noch dezidiert »fictitious« angelegt, hatte ihre fiktiven Figuren mit einer entsprechenden Topographie (die USA, die sie seinerzeit nur aus Büchern kannte) erfunden, und sie hatte den Roman in diesem Sinne auch furios-avantgardistisch begonnen:

Man könnte so anfangen:

Depuis sa plus tendre enfance elle a toujours adoré les matelots und alles, was mit ihnen zusammenhängt: Signalpfeifen, Leuchttürme, Sturmband und Kap Horn.

Ein Sturm am Kap Horn: Manche Leute können sich gar nichts darunter vorstellen.

Das hat aber mit folgendem nichts zu tun: Wenn zufällig ein Matrose auftauchen sollte, so denken Sie nicht, aha, endlich eine Bezugnahme auf den Beginn.

Ich nehme nicht Bezug.

Ich nehme vorweg.

Nun erprobt sie ein dokumentarisches Verfahren, die biographische Methode – Erzählweisen, die in der Literatur der späten Weimarer Republik insgesamt eine herausragende Rolle spielen. Die Autorin folgt einem literarischen Trend, der in der ›Neuen Sachlichkeit‹ und seinen Ausläufern auf Authentizität pocht und nicht mehr auf Erfindung setzt, der historische Wahrheit und nicht Fiktives will. *Die Biographie als neubürgerliche Kunstform* hat Siegfried Kracauer 1931 eine diesbezügliche Analyse überschrieben, in der er das virulente Interesse am Erzählen von Lebensläufen untersucht. Literarhistorische Gründe müssen hier nicht im einzelnen angeführt werden. Wichtig ist in unserem Zusammenhang die erneute Bestätigung, daß das Leben einer Tänzerin – und dieser Tänzerin! – bedeutsam genug erschien, erzählt zu werden:

> I chose the life of a dancer I knew – a very interesting person by the name of L.A. whose life was full of incidents which were extraordinary, but which could have happened to anyone nowadays. This woman had had a career as a dancer. She had been rather well-kown, and quite succesfull for awhile, until suddenly she reappeared – in a different place – surrounded by entirely different friends. With new interests and a new aim in life. Her life in Austria had ended, and she had begun again in Paris – more beautiful – more glamorous than ever. That fascinated me. So it was possible after all to begin life twice – to start on a road that leads from success to failure – and then to start all over again on a different road and remain succesful there.
>
> At the peak of her new career, this dancer was killed in an automobile accident.... burned to death, in her new car. In the book about her, the last chapter is devoted to her obituary. Seven different friends of her talk about her, and praise her, and it seems as though each one talk about a different woman. And that is what I believe to be the essence of all womanhood. To be able to be different with everyone – to give everything that is need in any particular case. To have no ___.[63]

(Das Typoskript läßt an dieser Stelle durch eine längere Unterstreichung Raum für ein später einzufügendes Wort.)

Als erzählerisches Kontinuum ist der Roman sich selbst genug. Das Wissen um die subtilen und die eindeutigen, die evidenten wie die verborgenen Anspielungen auf die Wirklichkeit und auf reale Vorbilder erhöht allerdings den Reiz jenes Verwirrspiels, das die Autorin da treibt. Lena Vogel ist nicht Lena Amsel, nicht einmal die Figur des »Aragon« im Roman ist der historische Louis Aragon, sondern es bleiben erzählte Figuren – aber als Subtext begleitet ihre Geschichte den *Roman einer Tänzerin* auf das Deutlichste und Vergnüglichste.

7.

Vielleicht lag Anfang der 30er Jahre so etwas wie der *Roman einer Tänzerin* in der Luft. 1930 erschien im Ullstein-Unterhaltungsmagazin *Uhu* eine (ernüchternde) Reportage über die Lage der Tanzmädchen in den USA unter dem Titel *Das Leben einer Tänzerin in New York.*[64] Nicht zufällig erwog Ruth Landshoff-Yorck bei den Fahnenkorrekturen, ihren *Roman einer Tänzerin* in *Leben einer Tänzerin* umzutaufen. Ein Jahrzehnt nach dem Untergang der Weimarer Republik findet Klaus Mann im Tanz, in der Figur der Tänzer jene »Obsession«, der die Republik wie keiner anderen gehuldigt habe. Diese Leidenschaft des Tanzens gerät ihm zur Allegorie auf die Republik überhaupt. »Die deutsche Reichsmark tanzt: Wir tanzen mit!«, schreibt er, und:

Der Tanz wird zur Manie, zur *idée fixe*, zum Kult. Die Börse hüpft, die Minister wackeln, der Reichstag vollführt Kapriolen. Kriegskrüppel und Kriegsgewinnler, Filmstars und Prostituierte, pensionierte Monarchen (mit Fürstenabfindung) und pensionierte Studienräte (völlig unabgefunden) – alles wirft die Glieder in grausiger Euphorie. Die Dichter winden sich in seherischen Konvulsionen; die ›Girls‹ der neuen Revuetheater schütteln animiert das Hinterteil. Man tanzt Foxtrott, Shimmy, Tango, den altertümlichen Walzer und den schicken Veitstanz. Man tanzt Hunger und Hysterie, Angst und Gier, Panik und Entsetzen. Mary Wigman – jeder Zoll eckige Erhabenheit, jede Geste eine dynamische Explosion – tanzt Weihevolles, mit Musik von Bach. Anita Berber – das Gesicht zur grellen Maske erstarrt unter dem schaurigen Gelock der purpurnen Coiffure – tanzt den Koitus. Man tanzt in antiken Gewändern, gotischen Rüstungen und mit entblößtem Bauch; man tanzt à la Isadora Duncan, à la Nijinsky, à la Charlie Chaplin; man imitiert Indianer, Kongoneger, Südseeinsulaner und die gemarterte Pantomime eingekerkerter Tiere im Zoologischen Garten. Ein geschlagenes, verarmtes, demoralisiertes Volk sucht Vergessen im Tanz. Aus der Mode wird die Obsession; das Fieber greift um sich, unbezähmbar, wie gewisse Epidemien und mystische Zwangsvorstellungen des Mittelalters. Die Symptome der Jazz-Infektion, die Zeichen der hüpfenden Sucht lassen sich

> im ganzen Land bemerken; am gefährlichsten betroffen aber ist das schlagende Herz des Reiches, die Hauptstadt.[65]

Hier ist auch Lena Amsel angesiedelt und mit ihr ihr fiktionales Double, Lena Vogel. Der Roman ist ein Roman der Oberfläche. Die Tänzerin, deren Leben nach ihrer Karriere bzw. in einer längeren Phase der Unterbrechung ihrer Auftritte erzählt wird, lebt, agiert, reist, liebt, malt ohne deutlich erkennbares Lebensziel im Sinne eines großen Entwurfes oder Projekts, wie es von Frauenfiguren aus neusachlichen Romanen bekannt ist: Lena Vogel hat ein großes – womöglich grundloses – »Vonsichselbst-Überzeugtsein«, das »die anderen überzeugte«.

Die Außenwelt der männlichen Steuerung und Lebensprägung und deren doch selbstbewußte Anverwandlung durch die Frau bis hin zur kritischen Verfügung über diese nun weiblich gewordene Oberfläche, auf der gerade Männer ihre mächtigen Inschriften hinterlassen haben, ist das Geheimnis von Lenas Existenz. Noch im Namenspiel zeigt sich das:

> So sah es aus. Eine zumindest seltsame und stets glücklich aussehende Frau, die schrie, wenn man mit ihr sprach. Die einen kleinen schnellen Rennwagen fuhr, der auf der Tür einen ungeschickt gemalten Vogel trug – Emblem ihres Namens – [...]. Eine Frau, die in zwei Zimmern eines kleinen Hotels wohnte, wo über dem Bett hoch oben an der Decke eine kleine Amsel gezeichnet war

> [...]. Auch später, als Lena schon ihr Atelier hatte, behielt sie ihr Zimmer im Raspail und als dieses Hotel im Laufe der Jahre reich und vornehm wurde und alles streichen ließ, wurde der kleine Vogel an der Decke über dem Bett ausgespart.

Das Emblem ihres Namens, so will es der Roman, ist unantastbar, und das verweist zurück auf die gedachte Stabilität dieses Lebensentwurfes. Daß die Tänzerin an einem unverzichtbaren Attribut dieser Lebensweise, dem schnellen Bugatti, zugrunde geht, markiert ein Scheitern auf der Oberfläche – einer Oberfläche, die allen Glanz der Zeit, nicht aber Dauer verheißt. Aber das Emblem bleibt. Wenn die Autorin sie zum Schluß im Gedächtnis ihrer Liebhaber, im Totengespräch, weiterleben läßt, so weist das zurück zu Fremd- und Selbstbestimmung der ›erfundenen Frau‹: Sie ist unsterblich. Und auch das ist, wie es im Roman heißt, »lenaig«.

Walter Fähnders

Anmerkungen

[1] Klaus Mann: Zwei kleine Bücher (1933). In: Klaus Mann: *Zahnärzte und Künstler. Aufsätze, Reden, Kritiken 1933-1936.* Hrsg. Uwe Naumann u. Michael Töteberg. Reinbek 1993, S. 31-34, hier S. 31.
[2] Ruth Landshoff-Yorck: *Die Vielen und der Eine.* Hrsg. Walter Fähnders. Berlin 2002.
[3] Ruth Landshoff-Yorck: *Klatsch, Ruhm und kleine Feuer. Biographische Impressionen.* Köln 1963; Neuausgabe: Hrsg. Claudia Schoppmann. Frankfurt/M. 1997.
[4] Alle Zitate ebenda, S. 68f. (Neuausgabe)
[5] In: *Die Dame* 55, 1927, H. 4 (November), S. 12-13.
[6] Vgl. die Reproduktionen in: *UMBO. Vom Bauhaus zum Bildjournalismus.* Düsseldorf 1995; Herbert Molderings: Umbo. Otto Umbehr 1902-1980. Düsseldorf 1996.
[7] Klaus Mann: *Tagebücher 1931 bis 1932.* Hrsg. Joachim Heimannsberg, Peter Laemmle u. Wilfried F. Schoeller. München 1989, S. 47.
[8] Landshoff-Yorck: *Klatsch, Ruhm und kleine Feuer,* S. 61.
[9] Ebenda, S. 71 u. S. 89.
[10] A.D.: »In Memoriam Ruth Landshoff-Yorck«. In: *Aufbau* v. 28. 1. 1966.
[11] Ruth Landshoff-Yorck: »Brief an ›Doctor Baum‹«, 7.2.1956, Nachlaß, unveröff.
[12] Es sind dies: *das wehrhafte mädchen. gedichte und zeichnungen für meine freunde.* O.O. 1929; *Gedichte.* O.O. 1934 (8 Gedichte); *Gedichte.* O.O.u.J. (wohl 1934; 11 Gedichte, 5 Zeichnungen); *Die Gedichte 1935.* O.O. 1935 (10 Gedichte). – Nach dem Zweiten Weltkrieg publizierte Ruth Landshoff-Yorck einzelne Gedichte auch in Zeitschriften.
[13] Sie sind aufgeführt bei Walter Fähnders: »Zum literarischen Werk von Ruth Landshoff-Yorck in der Weimarer Republik. Mit einer Bibliographie von Walter Fähnders u. Christine Pendl«. In: *Zeitschrift für Germanistik* 3/2002.
[14] Ruth Landshoff-Yorck: »There is no need for me to tell you [...]«. Typoskript, 6 S., Nachlaß, unveröff., S. 1.
[15] Michael Grisko: »Amerika – London – Paris – Berlin. ›Die Vielen und der Eine‹ – Eine Karthographie der Moderne?« In: *literaturkritik.de,* Februar 2002.
[16] Maria Prigge: »Frauenromane«. In: *Die Literatur,* 1931/32, S. 88-93, hier S. 92. – Zu den Kritiken von Annette Kolb und Friedrich Sieburg vgl. Nachwort zur Neuausgabe von Ruth Landshoff-Yorck: *Die Vielen und der Eine.*
[17] Ein Auszug hieraus mit Kommentar von Helga Karrenbrock erscheint im Ruth Landshoff-Yorck-Dossier in: *JUNI* (2003).

[18] Ruth Landshoff-Yorck: »Brief an ›Doctor Baum‹«.
[19] Ruth Landshoff-Yorck: »Mein wunderbarer Liebling...« In: *Wieder Liebesbriefe. Ball-Almanach des Vereins Berliner Presse.* 28. Januar 1933. Berlin o.J. [Umschlagtitel: *Presseball-Almanach 1933*], S. 29f., hier S. 29.
[20] Thea Sternheim: *Tagebücher 1903-1971.* Hrsg. Thomas Ehrsam u. Regula Wyss im Auftrag der Heinrich Enrique Beck-Stiftung. 5 Bde. Göttingen 2002. Bd. 2, S. 458f.
[21] Rut Landshoff: »Paradies der Damen 1. In einem Berliner Modehaus«. In: *Die Dame* (Berlin) 60, 1933, H. 12 (März), S. 2f.
[22] Vgl. die Nachweise bei Christiane Merkel: »Ruth Landshoff-Yorck«. In: *Deutschsprachige Exilliteratur seit 1933.* Bd. 3. USA. Hrsg. John M. Spalek. Teil 1. Bern, München 2000, S. 313-322, hier S. 313.
[23] *The Man Who Killed Hitler.* London: Laurie 1939; Los Angeles: Palmer 1939 (anonym; zusammen mit Dean S. Jennings u. David Malcolmson); französische Ausgabe: *L'homme qui a tué Hitler.* Paris: Les Éditions de France 1939. – Ein Auszug in deutscher Übersetzung von Ulrike Gregor, Berlin, und Julia Schmidt, Osnabrück, erscheint mit einem Kommentar zum Roman im Ruth Landshoff-Yorck-Dossier in: *JUNI* (2003).
[24] Vgl. die Übersetzung aus *Sixty To Go* in Claudia Schoppmann: *Im Fluchtgepäck die Sprache. Deutschsprachige Schriftstellerinnen im Exil* (1991). Frankfurt/M. 1995, S. 80-94.
[25] Vgl. Barbara Drescher: *The Vanishing Female Protagonists in the Weimar, Exile, and Postwar Fiction of Irmgard Keun, Dinah Nelken, and Ruth Landshoff-Yorck.* Phil. D. Diss., Univ. of Minnesota 2001; Christine Pendl: »Der zweisprachige Zwiespalt. Das politische Exilwerk Ruth Landshoff-Yorcks«. In: *Gender – Exil – Schreiben.* Hrsg. Julia Schöll. Würzburg 2002.
[26] Ruth Landshoff-Yorck: »Früher, Dazwischen, Heute«. Typoskript, Nachlaß, unveröff.; zit. n. Merkel: »Ruth Landshoff-Yorck«, S. 318.
[27] Merkel: Ruth Landshoff-Yorck, S. 320.
[28] Vgl. www.lamama.org/ArchivesFolder/1966page.htm.
[29] A.D.: »In Memoriam Ruth Landshoff-Yorck«.
[30] John Green: »The Pop Scene«. In: *World Journal Tribune* 19.1.1967; zit. n. Merkel: »Ruth Landshoff-Yorck«, S. 320f.
[31] Landshoff-Yorck: *Die Vielen und der Eine*, S. 108.
[32] Heinrich Mühsam: »Klaus Mann erinnert sich«. In: *Vossische Zeitung,* 12.7.1932.
[33] Vgl. Walter Fähnders/Helga Karrenbrock: »›Charlott etwas verrückt‹. Wilhelm Speyers Flirt mit der Neuen Sachlichkeit«. Mit dem Erstdruck ›In Memoriam Wilhelm Speyer‹ von Kadidja Wede-

kind«. In: *Jahrbuch zur Literatur der Weimarer Republik* 5, 1999/2000, S. 283-312.

[34] Stefan Grossmann: »Lenas Glück und Ende. Tänzerin - Gräfin - Landfrau - und nun... im Auto begraben« (1929); undatierter Zeitungsausschnitt, im Deutschen Tanzarchiv, Köln.

[35] Antoine [?]: »Lena Amsel«; undatierter Zeitungsausschnitt, im Deutschen Tanzarchiv, Köln.

[36] [Anonym:] »Lena Amsel †«. In: *Tempo*, 7.11.1929; [anonym:] »Arabesken«. In: *Der Tanz* 2, 1929, Nr. 14, S. 13; Notiz (mit Foto) in: *Berliner Illustrirte Zeitung* 17.11.1929.

[37] Grossmann: Lenas Glück und Ende.

[38] Walter Kujawski: »Lena Amsel«; unveröff. Typoskript, im Deutschen Tanzarchiv, Köln.

[39] [Anonym:] »Tanz-Phantasien«. In: *Elegante Welt* 6, 1917, Nr. 5, S. 17 (mit Foto).

[40] Ruth Landshoff-Yorck: *Autobiography*, Typoskript, 300 S., Nachlaß, unveröff., S. 192.

[41] Ola Alsen: »Ballett Charell«. In: *Elegante Welt* 10, 1921, Nr. 3, S. 23f., hier S. 23 (mit Fotos)

[42] So der Eintrag in: *Deutsches Bühnen-Jahrbuch 1923*. Berlin 1923, S. 119.

[43] Vgl. *Joe May. Regisseur und Produzent*. Hrsg. Hans-Michael Bock/Claudia Lenssen. München 1991, S. 177.

[44] Christian Bouchholtz: »›Charlott‹ in Gänsefüßchen«; Nachruf, ohne Nachweis, im Deutschen Tanzarchiv, Köln.

[45] Landshoff-Yorck: *Klatsch, Ruhm und kleine Feuer*, S. 87.

[46] Louis Aragon: »Was für eine göttliche Seele.« In: *Die literarische Welt* 7, 1931, Nr. 44, (30. Okt.), S. 33f. (»Übertragung aus dem Französischen: Ruth Landshoff«).

[47] Billy Klüver/Julie Martin: *Kikis Paris. Künstler und Liebhaber 1900–1933*. Köln 1989, S. 182.

[48] Bislang nicht verifiziert.

[49] André Thirion: *Révolutionnaires sans révolution*. Paris 1972, S. 154f.; Übers. aus dem Französischen: Britta Jürgs, Berlin.

[50] Dominique Desanti: *Les clés d'Elsa*. Paris 1983, S.107.

[51] Pierre Daix: *Aragon. Une vie à changer*. Paris 1994, S. 290.

[52] Thirion: *Révolutionnaires*, S. 164.

[53] Zitiert nach Daix: *Aragon*, S. 290.

[54] Im Original deutsch (vgl. Louis Aragon: *La Mise à mort*. Paris 1965, S. 144).

[55] Louis Aragon: *Spiegelbilder*. Roman. Berlin 1968, S. 146f.

[56] Ebenda, S. 144f.

[57] Thirion: *Révolutionnaires*, S. 226; Klüver/Martin: *Kikis Paris*, S. 244.

[58] Klaus Mann: *Treffpunkt im Unendlichen*. Roman (1932). Reinbek 1981, S. 230f.

[59] Klaus Mann: »In memoriam Lena Amsel«. In: *Vossische Zeitung*, 12.11.1929; dieser Nachruf findet sich auch in: *Die Bühne* 6, 1929, 263, S. 31 u.47 (mit 2 Fotografien) sowie in Klaus Mann: *Auf der Suche nach einem Weg*. Aufsätze. Berlin 1931, S. 284-287.

[60] Unveröff., im Schweizer. Literaturarchiv, Bern; ich danke Dr. Roger Perret, Zürich, für den Hinweis auf diesen Text.

[61] Landshoff-Yorck: *Autobiography*, S. 114f.

[62] Landshoff-Yorck: »There is no need for me to tell you [...]«, S.4f.

[63] Ebenda.

[64] Marie-Therese Hemmer: »Das Leben einer Tänzerin in New York«. In: *Uhu* 6, 1929/30, Nr. 6, S. 65-67

[65] Klaus Mann: *Der Wendepunkt. Ein Lebensbericht* (1942). Reinbek 1991, S. 125f.

Der Herausgeber

Walter Fähnders, Jahrgang 1944, apl. Prof. für Neuere Germanistik an der Universität Osnabrück. Zahlreiche Editionen und Monographien zur Literatur des 20. Jahrhunderts, zuletzt u.a.: *Manifeste und Proklamationen der europäischen Avantgarde* (1995, Hrsg. zus. m. W. Asholt); *Avantgarde und Moderne* 1890-1933 (1998); Nachlaßedition von Franz Jung: *Die Verzauberten* (2000); *Expressionistische Prosa. Ein Studienbuch* (Hrsg., 2001).

Danksagung

Sean D. Noël von der Ruth Yorck Colletion der Boston University (USA) sei für die Beschaffung der Druckvorlage gedankt. Für mannigfache Hilfe und Hinweise bei meinen Recherchen danke ich zudem: Britta Jürgs (Berlin), Helga Karrenbrock (Osnabrück), Christine Pendl (Wien), Roger Perret (Zürich), Frank-Manuel Peter (Köln), Rüdiger Reinecke (Osnabrück) und Claudia Schoppmann (Berlin).

W. Fä.

Zu dieser Ausgabe

Der hier erstmals veröffentlichte *Roman einer Tänzerin* folgt den 42 Druckfahnen des bereits fertig gesetzten Buches, die – wie im Nachwort ausgeführt – der Rowohlt Verlag im März 1933 an Ruth Landshoff-Yorck geschickt hat. Die Fahnen finden sich in Ruth Landshoff-Yorcks Nachlaß, den die Universität von Boston, USA, aufbewahrt.

Ruth Landshoff-Yorck hat die Fahnen durchkorrigiert und dabei Druck- und Schreibfehler beseitigt; diese Korrekturen sind in der vorliegenden Ausgabe übernommen worden. Zudem hat sie auch Änderungen vorgenommen, die offenkundig den politischen Zeitumständen geschuldet waren, so beim Streichen des Attributes »jüdisch«. Diese Änderungen wurden hier nicht übernommen, auch deshalb nicht, weil nach heutigen editorischen Prinzipien stets Textversionen bevorzugt werden, die tatsächlich vom Verfasser autorisiert worden sind. Das ist beim *Roman einer Tänzerin* aber nur für die Version nachweisbar, die Ruth Landshoff-Yorck einmal dem Rowohlt Verlag übermittelt hat und nach dem die Fahnen gesetzt worden sind. (Eine Manuskript- oder Typoskriptfassung ist nicht überliefert.)

Die wichtigste Änderung, die Ruth Landshoff-Yorck in den Fahnen vorgenommen hat, ist die Änderung des Titels in *Leben einer Tänzerin*. Wie ebenfalls im Nachwort ausgeführt, orientierte sich die Autorin hier an der Beliebtheit des biographischen Erzählens um 1930; auch die englische Übersetzung, die sich als Typoskript in ihrem Nachlaß findet, lautet entsprechend *Life of a dancer*.

Die folgende Liste verzeichnet links den in dieser Edition gedruckten, ursprünglichen Wortlaut der Fahnen und vermerkt rechts die Änderungen.

Roman einer Tänzerin / Leben einer Tänzerin
S. 6 Spalte zwischen den Schenkeln / Spalte der Schenkel
S. 7 auf Lena gerichtet, schamlos und bezaubernd /auf Lena gerichtet. Schamlos und bezaubernd
S. 8 und natürlich Schlüpfer / und natürlich Höschen
S. 12 so lange wie sein Geld reichte / so lange sein Geld reichte
S. 19f. den Überraschungsmoment vorbereiten / das Überraschungsmoment wegzunehmen
S. 24 großen jüdischen Gottes / großen Gottes
S. 24 guten jüdischen Gott / guten Gott
S. 25 ich will doch einen Goj heiraten / ich will doch heiraten
S. 25 »Wie war Pesach« bis »Verwandtschaft?«: ganze Passage gestrichen
S. 27 in dem ihren großen / in ihrem großen
S. 29 kleines Judenmädchen / kleines Mädchen
S. 37 Zärtlichkeiten natürlich / Zärtlichkeiten vielleicht
S. 39 Lena sei einfach zum Verlieben / Lena sei zum Verlieben
S. 41 Deichsel eines Wagens / Deichsel eines Bierwagens
S. 45 von seinem ersten Lehrjahr an / von seinem ersten Lehrjahr her
S. 56 nannte Joseph vorher einen Bankier aus Amerika, dem sie verpflichtet wäre / nannte Joseph einen Bankier aus Amerika, dem sie vorher verpflichtet wäre
S. 63 sie seine Liebe zu Lena affichieren zu sehen / sie seine Liebe zu Lena anmerken zu lassen
S. 67 pfiffen die jungen Burschen ihm im Dôme / pfiffen die jungen Burschen im Dôme
S. 68 namhaft Ruf genug / Ruf genug

Der Name Lasere wurde in den Fahnen in Lasero korrigiert.

Ruth Landshoff-Yorck:

»Die Vielen und der Eine«

Hrsg. und mit einem Nachwort
von Walter Fähnders
Geb., 190 S., 16,50 € / 30 SFr
ISBN 3-932338-14-6

Die junge Reporterin Louis Lou, sprühend vor Neugier und Lebenslust, reist für ihre Zeitung durch die Metropolen der zwanziger Jahre New York, Paris, London oder Berlin. Mit Tempo und Witz bahnt sie sich ihren Weg durch die Gesellschaften zwischen Subkultur und High Society, um letztendlich doch im Flug von dem Einen erobert zu werden.

Ruth Landshoff-Yorck war eine der wildesten unter den nicht eben zahmen Bubiköpfen der Weimarer Republik. Obendrein konnte sie flott schreiben. Ihr Roman von 1930 mixt Autobiographisches und Erfundenes zwischen Bohème und High Society, zwischen Europa und Amerika.

(Erhard Schütz, Das Magazin)

Ruth Landshoff-Yorck jongliert gekonnt mit Klischees und literarischen Techniken, was diesem Roman, der 1930 zum ersten Mal erschien, einen unwiderstehlichen Charme verleiht.

(annabelle)

Ruth Landshoff-Yorcks Roman ist eine vielschichtige und provokante Entdeckung, die sich jedem kategorisierenden Zugriff verwehrt und gerade deshalb verdient, gelesen zu werden.

(Michael Grisko, literaturkritik.de)

Weitere Titel unserer Reihe
Wiederentdeckte Autorinnen:

Alice Berend: »Die Bräutigame der Babette Bomberling«
Alice Berend: »Der Herr Direktor«
Alice Berend: »Dore Brandt. Ein Berliner Theaterroman«

Mehr Informationen über unser Programm finden Sie unter www.aviva-verlag.de

Die Deutsche Bibliothek – CIP-Einheitsaufnahme

Landshoff-Yorck, Ruth:
Roman einer Tänzerin / Ruth Landshoff-Yorck. Hrsg. und mit einem Nachw. von Walter Fähnders. – Berlin ; Grambin : AvivA, 2002
ISBN 3-932338-15--4

Veröffentlicht mit freundlicher Genehmigung der Boston University, Special Collections, Boston/USA

Umschlaggestaltung unter Verwendung des Fotos »Yvonne Georgi als ›Salome‹«, ca. 1929

Druck und Bindung: Fuldaer Verlagsagentur

AvivA Britta Jürgs GmbH
Dorfstr. 56, 17375 Grambin
Emdener Str. 33, 10551 Berlin
fon (0 30) 39 73 13 72; fax (0 30) 39 73 13 71
aviva@txt.de